箱入蛇猫

TOブックス

Contents

0:20/1:00

LIVE

illustration 片桐 design AFTERGLOW

ONIKKOHAISHINDO

MAIN CHARACTER

スクナ

主人公。ひょんなことからリンネに誘われ配信者になることに。生まれつきの人並外れた身体能力を持っていかして、自重のいらないVRゲームの世界で大暴れ中。何よりもリンネが好き。

リンネ

スクナの親友。プロゲーマーとして顔も広く、日本トップクラスの実績をもつプレイヤー。とてもグラマラスな美人さんであり、超弩級のお金持ちでもある。スクナを溺愛していて、一生養おうと思っている。

トーカ

リンネの従妹。あまりにもスタイルがいいのでモデルなんかもやってたりする。最終学歴中卒、高卒の上二人と違い、何だかんだで大学生活を楽しんでいる。最近スクナの連絡先を貰って嬉しいらしい。

ロウ

ゴシックドレスに身を包む、ゲーム内屈指の実力を持つPKプレイヤー。ネームドウェポン所持者であり、廃人クラスのレベリングに努める勤勉さのせいで撃退するのも困難な実力を持っているとか。スクナとはいずれまた戦いたいと思っている。

プロローグ

「……ということがあったんだよ」

「半日で随分と濃い経験をして戻ってきたわねぇ」

酒呑《しゅてん》に殺《や》られてデスペナルティを食らった私は、疲れもあってそのまますぐにログアウトしてしまった。

《餓狼》の効果は切れていても、髪飾りの方のペナルティでどの道十二時間は経験値を手に入れられないからだ。

そして、ログアウト前にリンちゃんに軽くメールを送ったところ、お昼ご飯は一緒に食べようということになったのだった。

私が宅配ピザのチーズと戦っていると、ため息をつきながらリンちゃんは言った。

「殺人姫……アイツもほんと懲《こ》りないわね」

「ふふへひはほ？」

「そうね、有名って言っていいと思うわ。アイツ、初日にデュアリスのあたりで捕まってるんだけど、初犯だから二日くらいで釈放されてるのよ。その反省からか今はとにかく馬鹿みたいにレベルが高くてね。気まぐれにＰＫに出る時以外はずっとレベリングしてるって噂よ」

「んぐ……廃人かぁ」

今更だけど、なんでロウはあんな所にいたんだろう。

私より遥かにレベルの高い相手だった。リンちゃんの話を聞く限りでもそれは間違いない。

自分より弱い獲物を狩りたいにしても、レベリングに戻る手間を考えると、現在最前線である第五の街から第二の街まで戻ってくる理由はないからだ。

「多分、デュアリス近辺に用事があって、ついでに異常が起こってる湿地帯を見に行ったんだと思うわ」

「そういう意味ではロウの方が災難だったかもね」

「そうねぇ。黒竜自体は何度か目撃されてるけど……アポカリプスって言うのね」

「そうみたい」

理の真竜・アポカリプス。

わずか二分足らずの邂逅《かいこう》でわかったのは、やばいくらい魔法に特化したモンスターだってことくらい。

それにあの巨体だって見せかけではないだろう。

「それにしても、あんな魔法初めて見たわ。ちょうど魔法が発動してるシーンで配信してた子がいてね。ＳＮＳですごい話題になってるのよ」

「私は食らう前に消えちゃったからわからないんだけど、どんな感じだったの？」

興味を示した私に動画を見せるためにスッスッと素早く端末を弄《いじ》ったリンちゃんは、目当ての動画をクリップしていたのかすぐに手渡してくれた。

それはかなり遠方、それこそ数百メートルは離れた位置からの配信映像のように見えた。

第二陣の初々しい配信者の子のようで、リスナーに「あれってなんでしょう?」なんて聞いたりしている。

動画時間から見て私が逃げ回っているシーンから始まっているが、さすがに遠目すぎてそこは映っていない。

チカチカと光っているのは光槍かな。

しばらくしてからゴォォンという鐘のような音が響いて、数秒ほど間が空いた。

そしてほんの一瞬画面がラグったと思ったら、いつの間にか天高くに超巨大な魔法陣が展開されていて……。

降りてきた極光の魔法は、着弾点を中心に膨れ上がり、最後に破裂して消滅した。

動画の少女を道連れにして、である。

「えっぐ……」

「さすがに可哀想よね」

「狙われた私が生きてるってのがまたね」

射程とかそんなレベルの話ではなかった。

フィールドそのものを破壊する勢いで放たれている。

多分犠牲者は彼女だけではないんだろうなぁ……。

ちなみに今、私がって言ったけど、多分ロウも生きていると思う。

周囲にいたプレイヤーが死んで私たちが生きているとはこれ如何《いか》に。

「半径三百メートルくらいにいたプレイヤーとモンスターだけを消し去ったみたい。何か条件付きの魔法なのかもしれないわね」

「これと戦う可能性があるってだけで嫌になるよ私は」

「魔法特化なんでしょ？　ガンメタ張られてるもんね」

「掠《かす》っただけでお腹えぐられたもん」

「それは柔《やわ》すぎ。たぶん私やトーカなら掠ったくらいじゃそんなダメージにならないわよ」

「どーだろ。私ですらダメージ自体は微々たるものだったし、部位欠損メインの攻撃っぽかったけどね」

ぶつくさと不満げな私を見て、リンちゃんは楽しそうにしている。

しかし、モンスターとして設定している以上は戦う相手なんだろうけど、どうやって防げばいいんだろうか。

「やっぱイベントアイテムとかかな」

「対策がなければ勝てないのは確かでしょうね。例えば魔法陣の色からして闇属性の魔法でしょ？属性耐性を上げれば防げる類かも」

「鬼人族どのみち死ぬ説を提唱したい」

詰んだ。まあ、倒せない相手だっているだろうし、《童子》が進化したらなんかいい感じに防げるかもしれないし。

「そうなったら諦めなさい。あ、ピザ無くなった？　冷蔵庫にケーキあるわよ」

「ほんと？　わぁ、ザッハトルテ」

「燈火がね、ナナが好きだろうからって」

「こういうカロリー高いの大好き」

ピザを二枚ほど食べた私が物足りなさを感じていると、冷蔵庫の中のスイーツの存在を知らされる。トーカちゃんが差し入れてくれたというザッハトルテを食べながら、私たちはしばらくアポカリプスについて実りのない会話を続けていた。

ちなみに昨日の夜にもトーカちゃんが差し入れてくれたチーズタルトを一個食べていたりする。

リンちゃんはお金持ちだし私も買えないわけじゃないけど、差し入れを貰ったって事実だけで嬉しくなるよね。

「ナナは今日はもう潜らないんでしょ？」

「うん。デスペナで深夜まで効率落ちちゃうから」

「じゃあ、午後は燈火も連れてショッピングにでも行きましょ。久しぶりにナナの服も見繕《みつくろ》いたいし」

「えっ」

リンちゃんの提案に、私はピシリと身体を硬直させた。

私もリンちゃんも自分の格好に頓着《とんちゃく》しない。それは前に言った通りである。

ただ、リンちゃんは何故か私を着せ替え人形にするのは大好きで、一度捕まれば数時間は逃げられない。

しかも目的は着せ替えることなので、買うか買わないかはまた別の問題なのである。

これまでは割と真面目に、一緒に遊ぶ時は服屋からリンちゃんの意識を逸《そ》らそうと努力してきた。

しかしここに来てまさかの罠である。

「トーカも今日は一時間くらいで帰ってくるでしょうから、準備は整えておいてね。私はシャワー浴びてくるわ」

「いや、ちょっと……」

「いいわね？」

「はぁい」

一瞬恐ろしいほどの寒気を感じた。飛んできた眼光に日和《ひよ》って、私はソファに倒れ込んだ。

こうして、急にできた暇な時間を、私たちはショッピングで潰すことにしたのだった。


「相変わらず、不思議なくらい人が寄ってこないよね」

街中を歩きながら、私は隣を歩いているリンちゃんに向けて呟いた。

リンちゃんは目立つ人だ。

美人だし、プロポーションも抜群で、身長も女性にしては十分すぎるほど高い。そう、リンちゃんは変装しないで街中を歩けばすぐに目を付けられる。

それに、配信者としてもプロゲーマーとしても動画投稿者としても有名なので、結構な人に顔が割れている。

街中を歩けばファンに囲まれる……とまでは行かなくとも、行動に難儀するくらいには人を引き寄せてしまうのだ。

しかしそこは流石と言うべきか、リンちゃんは非常に変装が上手い。それも、付き合いの長い私でもパッと見ではわからないほどだ。

今だって、周りに沢山の人がいるのにまるでリンちゃんに目をやることさえない。何なら、周囲の人が無関心すぎて逆に怖いくらいだ。

「ちょっとした変装技術と視線誘導さえできればこのくらいはね」

「そういうのはさっぱりだなぁ」

視線誘導……ミスディレクションというらしい。手品とかで種を仕込む時にやるやつ。

話を聞いてもちんぷんかんぷんだった私にリンちゃんが見せてくれたのは昔のバスケ漫画だったかな。

リンちゃんはできて当然のような顔をしているけど、少なくとも私にはできない芸当だ。リンちゃんは運動神経にさえ目をつむれば、できないことなんて何もないと言っても差し支えないほど多芸だから、こういう不思議な技術を結構な数、習得していたりするのだ。

自分から何かを始めることは無いけど、必要に駆られればあっという間に習得してしまう。

ゲームばかりしていてリンちゃんのお母さんに怒られた時は満点のテストを突き返していたし、今だって日常生活の邪魔を排除するために特殊な技能を覚えていたり。

リンちゃんはとにかく自分がやりたいことを邪魔されるのが嫌いなのだ。

ついでにいうとリンちゃんか自分のファッションに興味を持たないのは、多分オシャレをしても着る機会がないからなんだと思う。

いっそモデルにでもなれば……と思ったけど、そう言えば何回かグラビアはやっていたような気がするなぁ。ゲーム雑誌の集客のためのやつ。

「どうかした？」

「ううん、なんでもないよ」

少し考えに耽《ふけ》っていたのを見てか、リンちゃんが若干心配そうに私に尋《たず》ねてくる。

返事をして前を向くと、ショッピングモールは目の前だった。

全国どこにでもある……というわけではなく、それなりにお高いお店が入っているこのモールは、リンちゃんの行きつけだったと記憶している。

なんで行きつけなのかと聞かれれば、通販をやっていない美味しい洋菓子屋さんがあるから。

実はリンちゃんはクッキーが大好きなのだ。

「今日はナナがいるから買いだめしてもいいわね」

「おっとぉ、荷物持ちですか」

「熊並みの腕力の活かし所よ？」

熊て。せめてゴリラとか……いやゴリラと熊ってどっちが強いんだろ？

「リンちゃんのお願いならいいけどね。そういえばトーカちゃんいつ来るって？」

「なんか色々用事があって四時過ぎるって言ってたわ。買い物終わったらカフェに集合って伝えてあるから」

「ほーん、学生さんは忙しいんだなぁ」

雑談しながらモールの中を歩く。

目的の洋菓子屋さんはモールの地下階層に店舗を構えているから、目指すのは下の方だ。

「いらっしゃいませー」

「今日はバターと……ココアと……」

「あはは、ほどほどにね」

洋菓子屋さんに着いてすぐに獲物を狙う鷹のような鋭い目付きになったリンちゃんに軽く声をかけて、私は私で何か食べたいものでもないかと品ぞろえを眺める。

リンちゃんの目的はクッキーだけど、洋菓子屋であるここは当然ケーキやシュークリーム、ビスケットやマドレーヌなども売っている。

流石に二日連続でホールケーキを食べているのでケーキは自重しようね。

「あれ……菜々香先輩？　菜々香先輩じゃないですか」

「んぉ？」

焼き菓子のコーナーで季節のよりどりマドレーヌなる商品を見ていた私は、不意にかけられた声に変な声を出してしまった。

聞き覚えのある声であることは間違いない。思わず振り向いた先にいたのは、見覚えのある人の姿だった。

「サクちゃんじゃん！」

「はいっす！」

とても人懐っこそうな少女……のような少年。

彼は元気よく返事を返してくれたのだった。

彼の名前は佐藤咲良《さとうさくら》。ぱっと見ると中性的で女の子にも見えるものの、正真正銘の男の子だ。

確かまだ高校生で、私が知り合ったのは飲食店のアルバイトでのこと。最後にやっていた三つのアルバイトの内のひとつでのことだった。

「へぇ～、今はここで働いてるんだ」

「そっす。仕事の割に給料がいいんですよ」

「辞めたあとのこと、ちゃんと考えてたんだねぇ」

思わずよしよしと撫でるし、彼は気持ちよさそうに目を細めた。

こういう所がとても可愛らしい子で、普通の男の子なら恥ずかしがるようなことをされてもすんなり受け入れてしまう。

本当に人懐っこい子なのだ。だから、前職ではパートのおばちゃんたちからとても人気があった。

「そう言えばね、サクちゃん。私アレ始めたよ、ＷＬＯ」

「ホントですか!!」

「ほんとほんと。ワタシウソツカナイ」

ああ、尻尾を振っている幻覚が見える。

サクちゃんはアルバイトの中では私と歳が近かったので、仕事中に結構お話とかをしていた。とりわけ彼の趣味がゲームなんだけど、私もリンちゃんと離れる前は後ろでずっとゲームを見たりしていた身。

彼のマニアックなトークにもそれなりに反応を返していた結果、とても懐かれたのだった。

リンちゃんから話を振られる前からWLOのことを知っていたのは、他ならぬ彼のおかげなのだ。

「急に嘘っぽい話し方にならないでくださいよ。いやー、でも、どんなゲームに誘っても忙しいからって理由でやってくれなかったのに……そういや、菜々香先輩は今バイトとかどうしてるんですか」

「今は休業中。働きすぎたかなと思ってさ」

「先輩はマジで働きすぎだからそれが正解っす。あ、でも心なしか血色よくなってますね」

「ほんと？　目ざといね」

これも彼の特技というか特徴のひとつ。髪を切った、髪型を変えた、シャンプーを変えたなど、とても細かな変化に対してとても目ざといのだ。

「ナナ、買ってきたからこれ持って……あら、誰この子」

買い物が終わったのだろう。

両手で合わせて四袋のクッキーをサッと私に押し付けたリンちゃんは、目に入ったサクちゃんに珍しいものを見るような目を向けていた。

「バイトで知り合った子だよ。今この店でバイトしてるんだって」

「はじめまして、佐藤咲良っす」

「あらどうも。私は鷹匠凜音よ」

変装している割に受け答えがガバガバなリンちゃんだったが、案の定それはゲーマー相手には一発でバレたみたいで。

「ん？　この声どこかで……リンネ……？」

一応サングラスもしているからすぐには気づかなかったようだけど、リンちゃんを上から下まで眺めて確信したらしい。

若干震えながら、サクちゃんは口を開いた。

「ぷ、プロゲーマーのリンネさん……？」

「ええ。よろしくね？」

サングラスをずらしてウインクを決めたリンちゃんに、サクちゃんは顔を真っ赤にして固まった。

私たちの応対をしているのはいいんだけど、バイトは大丈夫なのかな……。

そんな、割と大切でありながらこの場ではどうでもいいことを考えながら、私はこのちょっと面白い光景を眺めていた。

「ほ、ほほほほんも、本物のリンネが目の前に……」

幸いすぐに再起動したサクちゃんは、若干怪しい挙動をしながらメモ帳を取り出した。

「さ、サインください！」

「ええ、いいわよ。でも、そんなメモ帳じゃ寂しいでしょ？」

そう言うとリンちゃんはカバンからミニ色紙を取り出して、さらさらとサインを書いてサクちゃんに手渡した。

リンちゃん風に言うなら有名人の嗜《たしな》みだとかで、彼女は常に何枚かミニ色紙を持っている。

リンちゃんの変装が上手くても、今みたいに名乗ったりだとか見抜かれたりすることはある。

そういう時にこういう細かなファンサービスができるのも、リンちゃんの魅力のひとつだった。

「ふぉぉぉ……あ、ありがとうございます！」

「このことは内緒にしてね？」

サクラ君へ、と書かれた色紙を大事そうにポケットにしまったサクちゃんは「あっ！」と大きな声を出した。

「すいません、今俺仕事中なんでした」

「ああ、うん。そうだね」

気付いてくれて何よりである。

「もうすぐ終わりなんで、お二人がよければもう少しだけお話したいんですけど……」

申し訳なさそうな表情で頼んでくるサクちゃん。

私自身はよかったので、リンちゃんに聞くことにした。

「私はいいよ。リンちゃんは？」

「ナナのお友達なんでしょう？　せっかくだもの、仕事中のナナの話とか聞きたいわね」

「ええー、そういうの恥ずかしいなぁ。まあいいか、そしたらサクちゃん、四時に二階のカフェに集合でいい？」

「大丈夫っす！　ありがとうございます！」

深々と頭を下げて、サクちゃんは仕事に戻っていった。

ちょっとだけ仕事風景を眺めていると、どうも彼はお客さんの応対を中心にさせられているようだった。

前のバイトを辞めてから日も経っていないし、お菓子作りとかはまだなんだろうなぁ。

こうして、私たちとサクちゃんは一旦別れてから合流することになったのだった。


「うう、疲れた……」

四時ちょっと前。

あの後ブティックでリンちゃんの着せ替え人形を演じた私は、カフェのテーブルに突っ伏していた。

リンちゃんは化粧を直しにお手洗いに行っている。

「ナナ姉様、お待たせしました」

「あ、トーカちゃん」

ぐでーっとテーブルに溶けていた私は、約束していたトーカちゃんの到着に合わせて軟体化を解いて座り直す。

トーカちゃんはとんでもなく長身だから、周囲の目を一身に集めている。

慣れているのか、本人は全く気にしていない様子だけどね。

「リン姉様は？」

「お色直しに行ってるよ」

「あら、そうなんですか。そしたら、少しの間だけナナ姉様を独り占めできますね」

クスリと笑ってそう言うと、トーカちゃんは私の対面に座った。

トーカちゃんとサクちゃんのことを考えて、テーブルは四人席を取っている。

テーブルも少しゆったりと作られているので、背の高いトーカちゃんでも余裕を持って座れるみたいだった。

「ナナ姉様……ううん、ナナねぇ。こうして話していると感じます。あの頃と比べて……すごく変わりましたね」

「そうかなぁ。六年以上も経てば多少はねぇ」

「ふふ、そういう所は変わらないですね。でもあの頃のナナねぇを知ってる人に聞けば、みんな口を揃えて言うと思いますよ」

「そんなことないと思うけどなぁ」

トーカちゃんの口調は穏やかで、別に何か深い意味を持って言っているわけではないみたいだった。

けれど、彼女の言葉から、私はほんの少しだけ頭痛を覚えた。

実は、両親が死んだあの日以来、とりわけそこから一年くらいの間は、あんまり記憶が定かじゃない。

叔母と交渉してひとり暮らしを始めたのも、しばらくの間は土方作業で食いつないでいたのも覚えてはいるんだけどね。

大切な人を失った喪失感なのか、はたまた生きるのに必死だっただけなのか。

かろうじてリンちゃんと連絡を取っていたくらいで、死んだように生きていた気がする。

そうだ、あの日から叔母に引き取られるまでのしばらくの間、私はだれかの世話になっていたんだったような……。

「あら、燈火も来てたのね」

「ちぇっ、ナナねぇを独り占めできる時間が短すぎです」

「全く、生意気なことを言うんじゃないわよ。……ナナ、どうかした？」

「……えっ？　あ、いや、なんでもない」

少しぼーっとしていたみたいで、いつの間にかリンちゃんが戻ってきていた。

リンちゃんは私の隣に座って、テーブルサイドのメニューを取って広げていく。

「ここはカプチーノがイケるのよ」

「私はミルクティーにします」

「燈火、まだコーヒー飲めないの？　お子ちゃまねぇ」

「苦いのはダメなんです。ダメなものはダメなんですー」

ニヤニヤと煽《あお》るリンちゃんに、トーカちゃんはぷいと顔を背けてしまった。

じゃれ合っている姿を見ているのは微笑ましくて、いつの間にか私の頭痛も治まっていた。

「すいません、遅れました！」

「時間通りだよ、気にしないで」

「はいっす。あ、お隣失礼します」

「はい、どうぞ」

慌てた様子で、しかし決してドタバタとはせずにカフェに入ってきたサクちゃんは、トーカちゃんに頭を下げてから隣の席に座っていた。

「あ、自分は佐藤咲良って言います。今日はご厚意に甘えさせてもらっちゃって……」

「私は鷹匠燈火です。私も姉様に誘われた側なので、そんなに畏《かしこ》まらなくてもいいんですよ？」

「いや、でも、年上相手っすから……」

「あー、サクちゃん照れてるんだ」

「うっ……いや、はい、俺も男なんで……」

ちょっとからかったつもりだったんだけど、サクちゃんはカチコチに固まってしまった。

ふむ。そういえばバイト先ではあまり歳の近い女の子はあまりいなかったもんなぁ。

リンちゃんもトーカちゃんも美人だし、リンちゃんに至ってはどうも憧れの人みたいだし。

こんな状況になれば緊張してしまうのも仕方ないのかも。

「とりあえず注文しちゃいましょ。ナナは私と同じのでいいわね。サクラ君……だと言いづらいわね、サクは何か食べたいものとかある？」

「サ……よ、夜ご飯があるんで、飲み物だけで……コーヒーにします」

「遠慮しなくていいのよ？　私お金持ちだから」

そうだね、リンちゃんは弩級《どきゅう》のお金持ちだね。

サクちゃんが緊張でいっぱいいっぱいなのもあるだろうけど、このカフェの商品は普通に高い。コーヒー一杯千円とかそんなレベルだ。

ただでさえ彼は高校生なんだからこんな高いお店には滅多に来ないだろうし、遠慮してしまうのも仕方ないと思う。

ましてや憧れの人に奢《おご》ってもらうなんて気が引けるのだろう。

そう思った私は、助け舟を出してあげることにした。

「サクちゃん、ここは私が持つから好きなの頼んでいいよ」

「菜々香先輩……じゃあ、自分もお二人と同じもので……」

慣れ親しんだ私からの提案だったからか、サクちゃんは遠慮がちにそう頼むのだった。

「菜々香先輩は、前のバイト先の屋台骨だったんです」

届いた飲み物を各々が飲みながらちまちまと雑談していたんだけど、リンちゃんの一声で私たちの前のバイト先の話をサクちゃんから聞くことになった。

「俺は初めてのバイトだったんで気づかなかったんですけど、あそこはいわゆるブラックで。人手は足りないし、休憩もないし残業も……高校生だったんで俺はなかったんですけど、大学生の人たちは結構してたみたいで。まあ、飲食なんてどこもそんなもんらしいですけどね」

「ネットでたまに見ますけど、実際にあるんですね、そういうの」

箱入りのお嬢様であるトーカちゃんは、こういうアルバイトの闇みたいなものとは縁がないようで、結構興味深そうに聞いていた。

　彼女の通う大学はお金持ちの子ばかりだから、周りでもそういう話は聞かないのかもしれない。

「ザラみたいです。で、まあ、お二人の方がご存知だと思うんですけど、菜々香先輩ってヤバいじゃないですか」

「そうね」

「そうですね」

「おや？」

「ひとりで……何人分かな、ホールのほとんどを回してたと思います。ホールを駆け巡る風とか言われてたんで」

　えっ、何それ聞いたことないんだけど。

「まあでも、今思えばそれで回せちゃってたのが一番の問題だったんです。根本的な人手不足の負担を全部先輩に押し付けて先送りにして。ま、最終的には上の不祥事で店舗を減らすことになって、店は潰れちゃったんですけど」

　そう。私たちが働いていたのはチェーンの鉄板焼き店だったんだけど、食品の衛生管理がどうとかで不祥事になって、それが理由で潰れたのだ。

「お客さんからのクレームも多かったみたいなんですよ。人手不足のツケっす。菜々香先輩も常にいるわけじゃないし、そうなるとみんなタスクが多すぎて接客もまばらだし。売上は出てたんですけど、結局は潰れました」

「あー、ナナの働いてたとこ、あそこの会社の系列だったのね」

「最近ニュースになってたところですよね。死人が出たとか……」

「え、そうなんだ。知らなかったなぁ」

「なんで当事者が一番知らないのよ……」

いや、だって私の家テレビとかなかったし、ネットも見ないし……。

「一番びっくりしたのは、誰ひとりとして菜々香先輩の連絡先を知らなかったことっす。仲良かった奴は他にもいるはずなんですけど、知らないって言うし。よくよく考えると先輩がケータイ弄ってるとこ見たことないんですよね」

「私も昨日、連絡先の交換をした時くらいですね」

「そういう子なのよ。ストイックというか、無頓着というか」

「実は私も何年かぶりに再会したばかりですしねぇ」

若干雲行きが怪しくなってきたのを、カプチーノを飲むことで誤魔化していく。

あー美味しい。カプチーノが美味しいなぁ。

「まあでも、潰れてよかったのかなと思ってます。俺も前よりは随分楽に稼げてますし、菜々香先輩も元気そうだし」

「そうね。私としてはこのバイト狂がやっと捕まるようになってホッとしてるわ。この子ね、誘っても誘ってもバイトガーバイトガーって断るのよ」

「バイトの時もそうでしたね。退勤時間だけは絶対守ってました。みんなの分の仕事もバリバリこなしてからだったんで、誰も文句言わなかったですけど」

「……ナナ姉様、一日どれくらい働いてたんですか？」

盛り上がる二人の会話を聞いたトーカちゃんが、興味本位で聞いてくる。

えーと、フルタイムのバイトを二つと日雇いのを合間に挟んで……。

「十七時間から二十時間ぐらいじゃないかな」

「ひぇっ」

「ひぇっ」

「ほんと馬鹿よね……しかも週七よ」

「なんで生きてるんですか？」

「ホントっすよ」

「そんなこと言われても」

体力は有り余ってたし、バイト以外にすることなかったから。

いや、リンちゃんからの誘いを断ってるからすることがなかったわけじゃないんだけど、タイミングの問題というかね。

「まあでも、そうね。ナナがちゃんと受け入れられてたって知って少し安心したわ」

本当に、心の底から。

安堵したようにそう言ったリンちゃんの姿が、なんだかすごい印象に残った。

その後は、サクちゃんとリンちゃんがゲームトークで盛り上がったり、私がサクちゃんの憧れの

人と知り合いなのを黙っていたことをつつかれたりと楽しい時間を過ごして。
最後に連絡先を交換して、私たちはカフェを出て解散するのだった。

第三章　前線への道のり

「ナナ、これからの貴方の目標はとにかくレベリングよ」

翌日。寝起きの私にリンちゃんが告げたのは、これからの方針についてだった。

昨日は結局、ログインしてもできることがなかったので、急遽《きゅうきょ》配信は休みになった。

トーカちゃんは学校が忙しくなるとのことで、生活の基盤はこれまで通り実家の方に置くらしい。

でも、通学時間を考えると実家にいた方がゲームをやる時間は取れるみたいで、無理にこっちに来てもらうよりはゲーム内で会いやすくなったと言える。

サクちゃんは既に第四の街に居るそうで、追いつけたら一緒に遊ぼうという話になっている。

学校、バイトと忙しくともゲームはやり込むその姿勢は、前と全く変わっていなかった。

「ナナの受けたクエスト、内容は覚えてる?」

リンちゃんからの確認を受けて、私も記憶を辿《たど》っていく。

あの不思議な社《やしろ》での、酒呑童子との出会い。その会話の流れで発生したエクストラクエストは、

《果ての祠《ほこら》：鬼神の幽世《かくりよ》》だった。

「確か、《童子》の習熟度を30以上にしてから、始まりの地に向かって……みたいな感じ」

「まあ、細かなところは後で再確認しておきなさい。大切なのは始まりの地と果ての祠。このキー

ワードから連想できる物はある？」

「始まりの街と果ての森、だよね」

リンちゃんの問いかけは、私も聞いた時からピンと来ていた内容だった。

始まりの街の南の平原には、私がアリアと戦ったウルフしか出ないフィールドの奥に、《果ての森》という広域ダンジョンが存在する。

私の持つ探知スキルは、そもそもが果ての森を攻略するためにリンちゃんから勧められて取ったものだ。

そこに祠がある、なんて話は知らないけど、少なくとも「始まり」そして「果ての」というキーワードからこれを連想しないのは無理だった。

「そうね。果ての祠については、正直なところ私も知らないの。あのダンジョンは馬鹿みたいに広いけど、始まりの街の周りにしては強力なモンスターが出る以外に、なんのためにあるのかさえわからないままだったからね。けど、貴女の受けたエクストラクエストのおかげで、だいぶ見えてきた感じがするわ」

「《童子》に関連するダンジョンってこと？」

「それもそうだけど……多分その祠は、鬼人族に限らず他の種族にとっても重要な意味を秘めてる。全ての種族とは言い切れないけれど、いわゆる扉のような役割になってるんだと思うわ」

確証はないようだけど、リンちゃんはかなりの自信を持っているようだった。

扉。確かに私の受けたクエストの内容から察するに、果ての祠自体は扉のような扱いであるのは確かだろう。

私が渡された《鬼灯《ほおずき》の簪《かんざし》》は、酒呑曰く現世と幽世を繋ぐ鍵になっている。

幽世というのが実際にどのような扱いなのかはわからないけど、ゲームというジャンルで見れば特定のキーアイテムを使うことで別世界に移動すること自体は珍しいことじゃない。

むしろRPGのラスボスなんて大抵そんな場所にいるしね。

「この世界とはズレた空間に《妖精郷》っていう場所がある。そんな話をするNPCがいるのよ」

突然別の話をし出したリンちゃんに思わず首を傾げるが、話の流れからすぐに何が言いたいのかを理解できた。

「グリフィスの老婆なんだけどね。何かしらの情報であることはわかってたんだけど、如何《いかん》せんその先の情報がどうしても出てこなかったの」

「そっか、その妖精郷っていうのが、鬼神の幽世と同じなら……」

「そう、果ての祠はその足がかりになると思うわ」

果ての祠自体がエクストラクエストのキーになっているのかまではわからないけど、少なくとも指針にはなるということだ。

とはいえ、今の私は祠に行ったところでレベルが足りないんだけどね。

アポカリプスとの戦闘は敗北に終わったけど、角を欠けさせたからか経験値は貰えていて、実は今の私のレベルは30まで上がってる。

アリアを倒してからあまり割り振ってなかったステータスポイントも含めて、今後のクエストに向けてのステータス配分はある程度考えなきゃいけないだろう。

あと、武器も用意しなきゃ。《クーゲルシュライバー》はアポカリプスを叩くために使っちゃったし、金棒は魔法に巻き込まれて消滅してしまった。

はるるから貰って二時間ももたなかったなぁ……。

一応伝えに行かなきゃいけないよなぁ……。

「ここまでは前置きね。重要なのは、ナナの受けたクエストがひとり用じゃないってこと。言いたいことはわかるわね？」

「一緒に行く、ってことだね？」

「そういうこと。忘れてるかもしれないけど、ＨＥＲＯＥＳのプレイヤーはナナと私だけではないわ。そのクエストにはパーティで挑みたいわね」

「りょーかい。とはいえまずはクエストの概要くらいは掴《つか》まないとねぇ」

「それもそうね。頑張って！」

「雑ぅ」


と、方針が決まったのはいいんだけど、レベリングと言われても何をどうすればいいのやら。

そう言うと、リンちゃんは端末でＷＬＯの世界地図を広げて見せてくれた。

「第四の街、フィーアスまでは縦長に北へ北へと進んでいくようになってるの。だから、そこまではナナなら余裕で駆け抜けられるはずよ」

地図は最南端にドデカい森がある。これが果ての森だろう。

こうして地図で見ると、始まりの街から第三の街トリリアまでの直線距離と比較してなお長い果ての森は、とてつもない巨大ダンジョンと言える。

始まりの街から第四の街までは確かにほぼ真っ直ぐに配置されている。

始まりの街とデュアリスの間には山が、デュアリスとトリリアの間には森が広がっているけれど、よく見れば東西から回り込めなくもなさそうだった。

「一応、正規ルート以外でも街と街を行き来はできるのよ。時間がかかるから、あまりオススメはしないわね」

「そうだねぇ。どの道ダンジョンボスから貰えるボーナスポイントも欲しいし、最短で突き進むのがいいかな」

「そうね。トリリアとフィーアスの間には特別何があるわけでもないけど、ボスがかなり強いわ。と言ってもネームドボスほどじゃないけどね」

ふむふむ、第三の街から第四の街に行くには強いボスと戦わなければならないと。

というか改めて思うのが、私の戦ってきたボス級モンスターのほとんどが別格すぎるような気がするってこと。

倒せたわけじゃないけど、アポカリプスクラスのモンスターと戦った経験があればたいがい何も怖くないと思う。

「で、問題はフィーアスから先。ここからは真っ直ぐに進めばいいとはいかないわ。街の周辺も東西南北で別れてたりはしない。フィーアスとグリフィスの間には、二つの広域ダンジョンがあるのよ」

リンちゃん曰く、二つの広域ダンジョンはそれぞれが別ルートでグリフィスへと繋がっている。

地上ルートが《世界樹洞》という、超巨大な樹木の中を進んでいくルート。

そして地下ルートが《焔《ほむら》の古代遺跡》と呼ばれる地下ダンジョンである。

「どちらを進むかはナナに任せるわ。難易度自体はそれほど変わらないし、ソロでもナナなら十分にクリアできるはず」

「ちなみにリンちゃんはどっちから行ったの？」

「私は世界樹洞の方ね。魔法は狭い遺跡だと結構扱いづらくて」

「なるほど」

そういう意味では私も世界樹洞の方が気楽に進めそうではある。

ただ、遺跡探索ってのも憧れるんだよね。

「広域ダンジョンの名前の通り、攻略には結構な時間がかかるわ。一度攻略するとワープが開くから移動に苦労はしないんだけどね」

「フィーアスまではワープなんてなさそうだったのに。子猫丸さんとか、走ってきたんでしょ？」

「フィーアスまでがチュートリアルみたいな扱いなのよね、多分。その割に鬼人族のエクストラクエストは始まりの街周辺みたいだけど……まあ、行ってみればわかるけど、本当に広いダンジョンなのよ。ワープでも使わなきゃやってられないくらいにね」

リンちゃんがちょっと顔を顰《しか》めているあたり、本当にめちゃくちゃ長いダンジョンなのかもしれない。

やっぱり私は古代遺跡を回ってみたいなぁ。トラップとかもあるんだろうし、ワクワクする。

「とりあえず、まずはトリリアを目指すこと。心配はしてないけど、どうもナナは変なことに巻き込まれやすい気がするわ」

「そ、そうだね。我ながらそう思うよ」

アリアとの戦い、ロウとの邂逅、そしてアポカリプスの襲来。酒呑童子との出会いに、エクストラクエスト。

たった四日でイベント目白押しである。

全ての始まりはアリアを倒したことな気がする。でも、改めて考えるとアポカリプスの襲来は何が原因だったんだろうか。

ゲーム内のことを真剣に考えてもしょうがないとはいえ、ローレスの湿地帯なんていう初期フィールドに体感裏ボスクラスの化け物が襲来する理由はわからなかった。

単純に徘徊型のネームドだって言われればそれまでなんだけどね。

「昨日は配信もできなかったし、少しリスナーが恋しくなるね」

「慣れてくるとずっと一緒にプレイしてるような感覚になるものね。配信慣れしたのはいいことだわ」

初めはおっかなびっくりだったけど、今となってはあの絶妙な距離感が楽しいと感じる。

リンちゃんはそんな私の言葉を聞いて、嬉しそうに笑っていた。

＊＊＊

「渡したばかりの武器を壊すなんてぇ……いい性格してますよねぇ……？」

「ぐぅ……返す言葉もない……」

ログインしてすぐのこと。

流石に謝らなければならないだろうと思って、はるるの元に訪れた私は、彼女のジト目に晒されることとなった。

「まぁいいですぅ……お金は頂いてますしぃ……何があったのかはロウさんから聞きましたしぃ……」

「え？」

「言ってませんでしたかぁ……？《誘惑の細剣《メロウ・レイピア》》を作ったのは私なんですよぉ……」

クスクスと笑いながら言うはるるに、私は思わず絶句した。

つまりアレか。ロウがこの街までわざわざ足を運んでいたのは、はるるに会うためだったってことなんじゃないの？

「彼女はお得意様のひとりですよぉ……犯罪プレイヤーは街に入れませんからぁ……私の方から出向くんですけどぉ……その分手間賃もくれますしぃ……金払いもいいですしねぇ……」

言いたいことがありすぎて言葉を紡《つむ》げなくなった私に、はるるは悪びれることもなくいうのだった。

「はてさてぇ……スクナさんがあの鍛冶師泣かせのアーツを割と連発するってことはわかりました

りでぇ……それならと思っていいものを用意しましたよぉ……」

気を取り直して。

そんな風に空気を切りかえたはるるは、裏の方からひとつの武器を持ってきた。相当重いのか、あえて引きずって持っている。

はるるは引きずってきた両手用メイスを前に出すと、ふうと息をついて話し始めた。

「これは《メテオインパクト・零式《ぜろしき》》と言いましてぇ……区分は両手用メイスに当たる重量級のメイスですぅ……」

はるるをして引きずらなければ持ってこられなかった武器、《メテオインパクト・零式》。とても強そうな名前をしてる。

インパクト面は両面共にやや鈍角気味の角錐状になっていて、ヘッドは分厚いハンマータイプ。一見すると普通に両手用メイスカテゴリのハンマーに見える。

ただ、その見た目はあまりにも黒い。柄からヘッドまで地色は全て漆黒だった。

所々に施された金色の装飾がとても映《は》えている。

「こちらは《ヘビーメタル》と呼ばれる鉱石から製造しましてぇ……要求筋力値が破壊的なんですがぁ……性能面は素材コストの割には高いんですねぇ……」

「ちなみにいくつ必要なの？」

「１５０といったところですぅ……」

「１５０⁉」

驚いて大きな声を出してしまったが、筋力値１５０という数字は実際のところ凄まじい数値だ。

人族は基本的に全ステータスがレベルアップの度に1上がる。初期値が10だから、ざっと１４０レベル分だ。

実際にはボーナスステータスポイントがあるから、こんな小学生のような計算式にはならないけど。ボーナスを筋力値に極振りしても28レベル分必要だから、どの道人族では25レベルを超えてもなお持てるかどうかという重さ、それがこの《メテオインパクト・零式》なわけだ。

私が未だに割り振っていないボーナスポイントに加えて、あと少しレベルを上げれば届かない数値ではないけど……。

「スクナさんはご存知ないようですがぁ……フィニッシャーは別に通常の三倍のダメージを与えるだけのアーツではないんですよぉ……」

「え？　そうなの？」

「使ってきた相手が悪かったですねぇ……」

私があのアーツを打った相手は、残りＨＰ１のアリアと途方もないＨＰを持っていたアポカリプスのみ。

フィニッシャーはその威力もさるものだけど、どちらの場面においても振りが速いからという理由で採用したから、あんまり威力とかは考えていなかったのだ。

「武器攻撃力、筋力値は当然としてぇ……３００％というアーツ倍率に残耐久値の１／10％を上乗せした倍率……それがフィニッシャーの内部的なダメージ処理になるんですぅ……スクナさんが最初に破壊した金棒であればぁ……万全の状態なら500耐久値があるのでぇ……最大350%、つまり3．5倍のダメージ倍率になるんですぅ……」

ふにゃりと指を立てて解説してくれるはるるに、私も頭の中で計算してみて納得した。

「そっか。耐久値が残ってる場合の利点がなきゃ、壊れかけの武器で叩きまくればいいってなっちゃうもんね」

「その通りですぅ……とはいえ出費を考えれば雑魚相手にそうそう使えるアーツではないですしぃ……ボス相手でも技後硬直のデメリットで使いづらいですからねぇ……ちなみに初心者武器では発動自体がキャンセルされますよぉ……」

「ああ、あれは耐久だけはぶっ壊れだもんね……」

初心者武器の耐久値は5000だ。武器自体の攻撃力が低いと言っても、筋力値とアーツ倍率だけでとんでもない威力になるに決まってる。

仕様の穴を先に埋めた運営の英断だろう。

「さてぇ……では改めて、メテオインパクトについて説明しますねぇ……これはヘビーメタルを利用した武器全般に言えることなんですけどぉ……耐久値が別次元なんですねぇ……メテオインパクトは1500超えという破格な耐久値が設定されていますぅ……」

「せっ……!?」

「要求筋力値の割に攻撃力は低いですがぁ……それでも攻撃力で50を超えた超重量級武器ですぅ……このゲームでは物理演算が働く関係で重量自体もダメージ計算に少し絡んでくるのでぇ……実

際の攻撃力はもう少し高いイメージですねぇ……」

なんだか今日は驚いてばかりな気がする。

超・金棒が要求筋力値20、耐久値500、攻撃力30なのを考えると、要求筋力値が150のメテオインパクトの数値はおかしくない耐久値なのかもしれないけど、色々ともうめちゃくちゃだ。

「この武器、ヘビメタを手に入れてから試作したものの
ぉ……使える人がいなかったんですぅ……前線にはいるのですがぁ……デュアリスに来るプレイヤーではとてもとてもというわけですねぇ……」

「え、でも私もステータス足りないよ」

「赤狼のボーナスポイント、まだありますよねぇ……」

「うっ……」

「《童子》に転職したのであればぁ……ステータス補正もありますねぇ……」

「ううっ……」

「ロウさんが黒竜からかなりの経験値をもらったと言ってましたよぉ……」

「ぐふっ」

商売人独特の嗅覚と言うべきなのか、純粋な知識量と言うべきか。とても鋭いはるるの指摘に私はたじろいだ。

いや、まあ確かに、持つだけなら現状でも届かない数字ではないんだよね……。

なんといっても私の筋力値は既に100を上回っているし、アポカリプス戦後の何十ポイントか

は残ってる。

アリア戦の後のポイントはいくらかを器用と敏捷《びんしょう》に回しちゃったからその分は期待できないけど、魔の森のボスからもステータスポイントを獲得できるだろうし、ボーナスを筋力に振り切ればなんとか届く数字ではあるのだ。

「とりあえず、こちらはひとつの選択肢としてぇ……もうひとつお見せしたい武器があるんですぅ……」

そう言って再び裏手に戻っていったはるるが持ってきたのは、ジュラルミンケースのような大きな箱だった。

ロックを外して開いた箱の中に入っていたのは、一対の金属製の篭手《こて》のようなもの。こちらも地色が漆黒なので、ヘビーメタル製なのかもしれない。

「スクナさんは打撃武器を好んで使用されますよねぇ……」

「うん、頑丈だし楽だから」

「私も打撃武器は好きなんですよぅ……しかし私の顧客はほとんどが剣士でしてぇ……私が趣味で作った打撃武器は大半が死蔵されてるんですぅ……」

割と真面目に不満なのか、唇を尖らせてそう言うはるる。

なんでこんなに打撃武器が取り揃えられているのかと思ったら、単純にはるるの趣味だったんだね。

「これもひとつの打撃武器なんですがぁ……銘は《ヘビメタ・ガントレット》……見ての通り、格闘による戦いの際に利用する篭手ですぅ……」

「格闘……」

「正確には《素手格闘》スキルといいますぅ……素手、つまり武器を持たない状態だとスキルによって攻撃力補正が付きますがぁ……スキル補正を捨ててこのような武器を装備することもできますぅ……」

割合は半々ですねぇ、なんて言いながら渡されたその篭手は、凄まじい重量を秘めていた。

持てないことはないものの、両腕に嵌《は》めるとその重さがよくわかる。多分、要求筋力値ギリギリの武器なのだろう。

「要求筋力値は両腕合わせて100とキリのいい数字ですぅ……その装備は敏捷にマイナス値がかかるんですがぁ……その分攻撃力を上げてくれますぅ……射程がない分威力は高いですよぉ……」

「なるほどね。……うん、結構アリかも」

確かに重たいけど、決して動きが阻害されるわけではない。

純和装の赤狼装束にメタリックなヘビメタ・ガントレットの見た目的な相性はさておき、篭手と言うだけあって防御性能もないわけではなかった。

とはいえそれは武器同士を打ち付けあった時に生じる防御現象であって、自分の防御力そのものは上がらないみたいだけど、結果ガードが発生するならそれでいい。

「うふふふふ……なかなかお似合いですよぉ……」

「そう？　和服には合わなくない？」

「そこではなくぅ……スクナさんのような少女がゴッツゴツの厳つい打撃武器を装備してるのがぁ

……とっても私好みなんですぅ……」

「ええ……」

うふふひひひとだらしない顔で笑う幼女に、私は何歩か後ずさった。

「ちなみにお代は？」

「合わせて15万イリスですぅ……」

「ぐっ……素材買い取りは？」

「要相談ですねぇ……」

インベントリの中身のほとんどと装備状態のスクショで割り引いてもらいました。赤狼素材だけは死守しましたとも。

くそ、この鍛冶屋、ほんと人の足元見てきやがる……。

「今後ともよしなにお願いしますねぇ……うふふ……」

＊＊＊

「というわけで魔の森に行くわけなんですけども」

『わこ』

『わこつ』

『わこつー、どういう訳？』

『わこ こ』

『初見』

『待ってた』


デュアリスの正門に立って意味不明な供述をした私に対し、リスナーからの反応は薄かった。

いや、うん、放送枠の最初にこんなことを言った私が悪かったね。

「その前に、昨日は配信できなくてごめんなさい。実は例の動画の魔法に巻き込まれて昼くらいからデスペナ食らってまして……」


『アレかぁ』

『あそこにいたのか』

『そうなんじゃないかと思ってた』

『察してた』

『例の動画って？』

『→公式掲示板見てこい』

『→サンクス』


真っ赤な嘘……いや真っ赤な嘘ですね、はい。

よくよく考えれば私が死んだのは魔法のせいじゃなくて酒呑に殺されたからだったよ。

とはいえリスナーからの反応は同情的だ。こう言っちゃなんだけど、結構な被害だったんだろうなぁ……。

巻き込まれた人たちにも何かしらの恩恵があるといいんだけど。

「とはいえちょっと装備も新調したし、昨日一昨日で少しはレベルも上げたからね。今日は拳で戦ってこーと思います！」

両腕を覆う重金属のガントレットを見せる。この重量感にもだんだん慣れてきた。


『グラップラースクナ』

『男に生まれたからには！』

『ほう……ナックルですか』

『見た目がごつすぎる』


見た目がごつすぎるという意見には本当に賛成したい。なんかもうロケットパンチでも撃つの？みたいなね。

パワードスーツの腕部分を全部ガッチガチの金属にしましたって感じの見た目の上に漆黒だから、めちゃくちゃ重たそうに見えるのだ。

「ヘビーメタルって素材なんだって。あと私はれっきとした乙女ですぅ」

『おとめ』
『乙女？』
『うんうん、漢女だね』
『漢女』
『漢女は笑うからやめてくれ笑』
「これは印象操作ですね間違いない」
そんなことばかり言っていると私の怒りが頂点に達しますよ……！
「というわけで魔の森行こう。もうカエルはいやだよ……」
『打撃耐性あるもんな』
『スクナ打撃しかしないし』
『打撃系だからね』
『両手武器も見たい』
『投擲《とうてき》はよ』
そう、あそこのカエルは打撃耐性持ちだから、殴ってて気持ちよくない。

動きは機敏じゃないから倒しやすいんだけども、あの何となくボニョッとした感触にはこの二日でちょっと飽きた。

「両手武器もそのうち使うよー。今日はコレのお試しだけど。お、ゴブリンだ」

遠目にちらりと見えたゴブリンを捕捉して、私は距離を詰めるべく駆け出した。

このフィールドではあまりにも高くなりすぎた私の敏捷は、数十メートルの距離を瞬く間に詰め切った。

「ふっ！」

岩陰に身を潜めようとしていたのか、こちらを向いていないゴブリンの背中に打ち上げるように拳を叩き込む。

ズドッ！　という打撃音と共に吹き飛んだゴブリンは、訳がわからないといった様相のまま地面に叩きつけられて消滅した。

拳を振り上げたままそれを見届けた私は、想像以上に気持ちいい感触にちょっぴり嬉しくなりながら、静かに拳を下ろした。

「これ気持ちいいかも」

金棒越しの衝撃もぐっと来るけど、このダイレクトに腕に響く重みがたまらない。

距離を詰めるのに関しても赤狼装束によるブーストでそれほど問題は感じないし、ガントレットの持つ敏捷低下効果も思ったほど感覚に影響はなかった。

「もうちょっと試したい……敵はどこかな」

スキルを使って探知をすれば、二、三体のモンスターの位置が表示される。

この辺りはまだ魔法を使ってくるモンスターもいないし、片っ端から突っ込んでも問題ないだろう。

「ひとつずつ狩っていこうね」

一番近くにいたのはラビット種のモンスターだった。

基本的にラビット種って突進かジャンプして突進くらいしか攻撃パターンがない。

サイズが小さいから普通に殴るのは難しいんだけど、相手が勝手に浮いてくるなら……ここ。

パァン！　と大きな破裂音を立てて、カウンター気味に大振りの右拳が炸裂《さくれつ》した。

クリティカルヒットがＨＰを削り切るのを確認して、再び探知を発動する。

次の標的は、位置的に左前方に見えている岩の影。

投擲アイテムを使って炙《あぶ》り出したいところだけど、がっちり指までガントレットに覆われてるせいで投擲の精度がすごく落ちているんだよね。

「……あ、これがあったっけ」

使えそうなアイテムがないか探ってみると、昨日はるるから購入した投擲アイテムのひとつが使えそうだった。

黒い布で覆われた球体を手に持って、刺さっている棒を引き抜いてから確実に岩の上側を通るようにふわりと投げ込む。

山なりに飛んでいった球体は岩の頂点に達したあたりで破裂し、周囲に白い粉をばらまいた。

「ゲギャッ⁉」

隠れていたのはゴブリンだったのか、突然上から降ってきた粉末に驚きの声を上げている。

私はその隙に駆け出すと、岩の裏でワタワタしているゴブリンにボディ、リバー、アッパーの三連コンボを叩き込んだ。

不意打ちに対応できるはずもなく、ゴブリンは呆気《あっけ》なくその命を散らした。

「これが小麦粉玉戦法だよ」

はるる曰く、信管に当たる棒を抜いてから十秒で爆発する、一種の手榴弾《しゅりゅうだん》的なアイテムだ。

柔らかい布を破る程度の火力しか出ないみたいで、手榴弾と呼ぶにはあまりにもおそまつだけど、工夫すればこういう使い方もできる。

ちなみにはるるはいずれ胡椒《こしょう》玉を作ると言っていた。


『今の小麦粉なの？』

『小麦粉なんかあるんか』

『ヤバい薬かと思った（小声）』

『いつの間にあんなのを』

「この武器を作った子が作ってたのを買ったんだ。使い道あるかなぁと思ったけど結構ありそうだね」

とはいえ、真正面から投げるものでもないし、使いどころは考えなきゃいけないかな。

ちなみに小麦粉玉といっても、ゲーム内で小麦粉が売っているわけじゃないらしい。あくまで小麦粉っぽい白い粉を、便宜上はるるが小麦粉と呼んでいるだけだ。

このゲームでは料理もできるらしいからね。

ラビットとかウルフとかフロッグからも肉はドロップするから、スキルさえ取れば料理もそんなに敷居の高いものじゃないのかもしれない。

「うーん、しかしこのガントレット、気持ちいいけど上手く殴れてない気がするなぁ」


『え？』

『え？』

『え？』

『どこが……？』


「いや、なんかこう……もっと効率よくやれる気がするんだよね。いや違うよ殺れるじゃないよそっちじゃない」

自分の身ひとつで戦うとなると、敵の大きさに合わせてどう攻撃するのかを変える必要がある。

これは単純なリーチの問題がひとつと、相手の攻撃を受ける手段の問題だ。

リーチの問題は、さっきのラビットとの戦いがいい例だろう。要はパンチだと足元に攻撃が届かないのだ。

と、ここまで考えてふと思った。

別に蹴りを使えばいいんじゃないの？　と。

両手にガントレットを付けていたから気を取られていたけど、そもそも金棒を使っていた時から蹴りは使っていた。

金棒を軸にして無理やりアクロバットするのも悪くはないんだけど、やっぱり四肢を使っての動作の方が慣れているわけで、そういう意味ではより動きやすくなったと言えるかもしれない。

試しに草むらに隠れていたホーンラビットに向けて、角を避けつつサッカーボールキックを決めてみる。

はっきり言って、拳の比じゃない威力で吹き飛んでいった。レベル差が酷《ひど》いな、これ。

「うーん、こうか。いや、こうかな。あ、これはいいかも」


『ひぇっ』

『ひぇっ』

『ほのぼのした掛け声で虐殺してるぅ』

『撲殺鬼娘の再来や』

『やべぇよやべぇよ』

打撲音と共にモンスターが死ぬ。そんな光景を見てか、私が見ていない間にリスナーたちが震え出す。

しばらくの間、リスナーや攻略そっちのけで素手格闘の練習に励んでいた私は、後からそのコメント欄を見て少し頭を抱えるのだった。


木漏れ日の絶えない明るい森。私が魔の森に抱いた印象はそんなところだった。

魔の、なんて冠しているからおどろおどろしいイメージを思い浮かべてしまいがちだけど、ここはあくまでも魔法を使うモンスターがいる森なのだ。

「あ、キノコ生えてるよ」

ピンクの傘に水色のまだら模様というマジカルな見た目のキノコが木の根元に生えていた。

試しに拾ってみると、アイテムだったらしくインベントリに収納される。

《マジカル茸《たけ》》

「なんで漢字を混ぜたの……」

『漢字？』

『それマジカル茸じゃん』

『→……確かに独特のセンスだな』

『なるほろ』

『地味にレアなヤツ』

「え、これレアアイテムなの？」

リスナーのコメントを見てアイテムの説明を読んでみると、「魔力を含有することで独特な色味に変化する。魔法薬を作る材料になる貴重なキノコ」と書いてあった。少なくともフレーバーテキスト的には貴重なものらしい。

魔法薬ってなんだろう。ポーションとかとは別のアイテムなんだろうか。

「とりあえず取っておこう……あ、でも結構生えてる」

視界がいいのもあるんだろうけど、ちらほらと同じものが生えているのが見える。

スカスカになったインベントリを埋めるのにもちょうどいいので、魔の森を探索しながら拾い集めることにした。

「ふんふんふん……お、モンスターだ」

キノコを拾い集めながら森を彷徨《さまよ》っていると、視界に一匹の蝶が躍り出てきた。

三十センチくらいある結構大きな蝶だ。《バタフライ・マギＬｖ22》とあるから、なかなかの強敵かもしれない。

ふわふわと舞い踊るように羽ばたくバタフライ・マギは、不意に体の前に魔法陣を描き出すと、氷の魔法を放ってきた。

スピードは軽く蹴ったサッカーボールくらいだから、避けられないことはない。

ただ、試しに一発食らってみるのもいいんじゃないかと思って、あえて防御せずに受けてみた。

HPが八割ほど消し飛んだ。

「マジで!?」

確かに魔防が壊滅的に低いとはいえ、私はLv30の鬼人族。HPに関しては人並み以上に多いはずなのに、八割も削り取られてしまった。

しかも明らかに強い魔法じゃない、氷の球を飛ばすだけの魔法でだ。

咄嗟《とっさ》に意識を切り替えて、バタフライ・マギとの距離を詰める。

距離を詰めている間に飛んできた氷塊は今度はきちんと躱《かわ》して、不規則な動きをする蝶に拳を叩き込む。

ワンツーで動きを止めてから両の翅《はね》を掴んで膝蹴り、そのまま浮かせて前宙からのかかと落としで地面に叩きつける。

幸いHPは高くないのか、その程度のコンボであっさりとバタフライ・マギは倒れてくれた。

「サイズが小さくて助かったぁ」

『いいコンボ……かな?』

『ほんとに魔法に弱いのな』

『アイスボールでそこまでダメージ受けてるの初めて見た』

『→今のアイスボールっていうのか』

『→氷属性の初期魔法だよ』

『ガチ焦りだった？』


「いやちょっとほんとに焦ったよ」

多くの鬼人族プレイヤーが職業に《童子》を選ばなかった理由が、ここに来てよくわかった。《童子》は知力や魔防にボーナスステータスポイントを割り振れない。しかし初期魔法ですらあのスピード、あの威力だ。しかもさらに強い魔法は範囲もあるだろうし、威力もスピードも高いに違いない。

ましてLv20前後でこの森を訪れたのだとすれば、問答無用でリスポーン送りだろう。

ステータスに微量の恩恵があると言っても、これを受け入れられるかと聞かれれば確かに唸《うな》ってしまうのはわかる。

「とりあえず、茶屋で買ったポーションを飲もう……」

普通にハーブの味がするポーションを、二本まとめて飲み干した。空瓶はそのままインベントリに残っている。

はるるに有り金をほぼ明け渡した私は、魔の森までの道中で稼いだお金を使って、森の入口の茶屋でポーションを買っておいた。

まさかこんな入口で使うことになるとは思わなかったけど仕方ない。じわりじわりと回復していくＨＰにほっと一息ついてから、私は再び探索を再開した。うーん、それにしてもこうなると、尚更おかしいと思うのが昨日アポカリプスから受けた傷だ。

私をして、何をされたかわからなかった初撃。全く見えないままにお腹を貫通された。てっきりその後の光槍と同じものを食らったんだと思ってたんだけど、さっきのバタフライ・マギの攻撃で受けたダメージを考えると、私の耐久でアポカリプスの攻撃を食らって生き残れるのは明らかにおかしい。

その時は部位欠損に特化した魔法なのかな、と思っていたけど……わからない。わずか一分の邂逅だったしなぁ。

ここに来て生まれてしまった新たな謎を少しだけ考え込んで、どの道今は戦うこともないだろうからと私は考えるのをやめた。

ちなみにリスナーの有識者の人曰く、バタフライ・マギ自体はこの森では魔攻が高い部類らしい。だから、他のモンスターから同じ魔法を受けてもさっきほどのダメージは貰わないだろうとのこと。

しかしもっと強い魔法を使うモンスターもいるそうだから、結局魔法は全回避安定との結論に至った。

それはさておき。

「や、やっぱい!!」

今、私は大ピンチに陥《おちい》っていた。

事の始まりは五分ほど前。

マップを埋めながら進むこと一時間。主にバタフライ・マギを中心とした魔法系のモンスターとの戦いにも慣れて油断していたのは確かだと思う。

「あ、見てあれ。すごい光ってるモンスター……キツネっぽいけどなんだろう」

探索の最中に、それはもう光っているとかそんなレベルではなく、比較的明るい森の中でいて輝いているキツネがいたのだ。

こっそり近づいて名前を見ると、《シャイニー・フォックスLv5》という名前が見えた。

なんだかすごいレアなモンスターのような気がして、少しドキドキしながら投げナイフを用意する。

投擲の威力は基本的に筋力を参照するから、威力の低い投げナイフでもレベル差のあるシャイニー・フォックスを倒すことは十分可能だと判断したのだ。

ガントレットのせいで細かな制御は利かなくとも、真っ直ぐに投げて当てるだけならそう難しくはない。

慎重に、慎重に。私はシャイニー・フォックスに向けてナイフを投擲した。

「ギャゥ！」

その目論見は確かに当たっていて、私が投げたナイフは綺麗に首を刺し貫いてＨＰを削り取った。

喉を貫いたからか、悲鳴も短く崩れ落ちる。

その瞬間だった。

それまで白く輝いていたシャイニー・フォックスは、死の間際に赤い閃光を周囲に撒《ま》き散らして消えていった。

「な、なんだったんだろ、今の……」

少し驚いたものの、戦闘のリザルトにはレベル5のモンスターを倒したとは思えないほど多くの、それこそレベルが上がるほど大量の経験値が表示されている。

それに加えてイリスが1万も手に入った。レベル5のモンスターとは思えない破格の報酬だった。

「なるほど、ボーナスモンスターなのかな」

レベルが上がった喜びと金欠の財布への潤いに、私は素直に笑みを浮かべた。

と、目の前に二匹のバタフライ・マギが現れたのを見て、すぐに思考を切り替えた。

二体は少し厄介だな。そんなことを思いながら拳を構えたものの、視界の端に更に三体のバタフライ・マギが映り込む。

嫌な予感がして咄嗟に背後を振り向けば、バタフライ・マギのみならず、《ゴブリンメイジ》や《マジカルマタンゴ》なども含めたこの森の通常モンスターたちが、次々と私の周囲でポップしていた。

気づけば、シャイニー・フォックスの死んだ場所を中心にして、最終的にポップしたモンスターの数は三十を超えていた。

「……トラップ、モンスター」

この割と絶望的な状況で、私は思わず呟いた。

この状況を生み出したと考えられるのは、どう考えてもあのシャイニー・フォックス。

その最後の光が、恐らくモンスターを呼び寄せる効果を持つスキルか何かだったのだろう。

あれはただレアな、経験値モンスターではなかった。文字通りトラップだったのだ。

「く……」

失敗した、と考えた時には既に戦闘は始まっていて。

先手とばかりに撃ち出された五つのアイスボールが、私を撃ち抜かんと唸りを上げて迫ってきた。

「っぶな！」

主に上半身を狙ってきたアイスボールをブリッジのように上体を反らして躱すと、後ろの方で悲鳴が上がった。

周囲を囲まれる。なるほど、一見するとピンチに見える。

しかしそれほど広くない空間に何十体もモンスターがいれば、モンスター同士のフレンドリーファイアが起こらないはずもなく。

私に向かって飛んできていたアイスボールは、私が回避したことによって後ろにいたモンスターに何発か当たったようだった。

しかし喜んでいる暇はない。

後ろに対しては音を拾うことだけ意識して、正面で魔法の再使用を待っている五体のバタフライ・マギを落としに行く。

まだ、アーツは使えない。この数に囲まれている中で技後硬直を食らいたくないからだ。

それに、素手格闘は基本的に一対一や対大型モンスターを想定したアーツが多く、一対多数に対して有効なアーツが少ない。

つまりやることはシンプルに、殴る蹴る投げるの三つだけだ。

真正面のバタフライ・マギに飛び蹴りをぶち込んで吹き飛ばす。着地してすぐに右のバタフライ・マギの羽根を掴み寄せて、飛んできた火球——ファイアボールの盾にした。

多分アポカリプスが使っていたものと同じだろうけど、少なくともガトリングのようだったあれに比べれば優しい魔法だ。

ファイアボールを撃ってきたのはマジカルマタンゴ。こちらはバタフライ・マギのようにただ大きいだけではなく、足が二本と腕が四本も生えている。

イメージとしては歩くしいたけ。それを一メートル大にした感じのなかなか直視しづらいモンスターである。

しかし、きちんと手足を持っているとはいえ、腕や脚まで生えているわけではないから、移動速度が鈍い。アレは一種の固定砲台のようなものだと考えるべきだ。

手の中で火球のショックを受けているバタフライ・マギを次に飛んできた土塊の方に放り投げ、再びアイスボールを生成しようとしている三体目のバタフライ・マギを、体重を乗せた右拳で大地に叩きつける。

バタフライ・マギは魔法の威力が高いぶんかなり耐久が脆《もろ》いので、乱戦ならまず第一に落としたいモンスターだ。

不規則な動きさえ見切れれば物理に脆いモンスターでしかない。

「それは、こいつに限った、話じゃない、けどね！」

叩き付けたバタフライ・マギを踏みつけてＨＰを削り切った私は、その踏み込みで一気に加速してバタフライ・マギ五体の奥に湧いていたゴブリンメイジに奇襲を仕掛ける。

急な速度で迫ってきた私に慌てているゴブリンメイジに金的を入れ、下がった頭を掴んで膝蹴り、そしてふらついたゴブリンメイジを後ろから聞こえてきた魔法の盾にする。

バタフライ・マギより大きく多少は硬い壁となってくれたことに感謝しながら、フレンドリーファイアで死にかけのゴブリンメイジを蹴り捨てる。

そして、ゴブリンメイジの後ろから出る瞬間に、彼が魔法の盾になってくれている間に用意した左右二本ずつの投げナイフを私の後ろにポップしていたたくさんのゴブリンメイジの目に刺さるように投げつけた。

「ギッ」

「ギャァァッ」

「ギィィッ」

投げた四本のうち、二本が別々のゴブリンメイジの片目を抉り、もう一本は詠唱中のゴブリンメイジの首に刺さり、最後の一本は鳴き声のないマジカルマタンゴに当たっていた。

投げナイフを食らったモンスターたちが構えていた魔法は、周囲に向かって乱射される。

私の元に飛んできたものは回避し、勝手に撹乱《かくらん》してくれたことに感謝しながら五匹目のバタフライ・マギに拳を振るった。

最初に私に攻撃してきたバタフライ・マギを五体と、ゴブリンメイジを一体。

わずか一分にも満たない時間で撃破してはいるものの、全く減った気がしない。

何が厄介なのかといえば、全員が遠距離型のせいでこちらから距離を詰めない限りジリ貧になるところだ。

まして私は魔法に対しては豆腐より柔らかいから、ジリ貧なんて言う余裕さえない。一発食らったら瀕死、二発食らえばもう死ぬだろう。

それでもと、息を大きく吸って再び足に力を込める。

「ふぅ……よし、殺るか」

無傷で殺しきる。生き残るにはそれしかないのだ。

五発なんてもんじゃない、火水風土入り乱れた魔法による攻撃を、大きくジャンプすることで回避する。

ここは森だ。木々は私の盾にも武器にも足場にもなる、とにかく便利に扱える地形でしかない。

高く跳んで木の枝を掴んで、懸垂《けんすい》の要領で枝に登る。

流石にこんな程度でモンスターの索敵をくぐり抜けることはできないけど、目くらましぐらいにはなったのか、彼らの魔法は空を切った。十数秒も経てば彼らは再び魔法を唱え、多種多様な魔法を発動し始める。

けど、その時間を使って私も十分に準備ができた。

ソレを肩に担いだ私は、あまりの重さに軋《きし》む枝を折る勢いで飛び上がると、地面で魔法を唱えていたマジカルマタンゴの一体をねじ伏せる。

「ギリッッギリ、だけど……！」

ぺちゃんこになって死んだマジカルマタンゴの死体から、ゆっくりと武器を引き抜いて肩に担ぐ。

はるる謹製の両手用メイス、《メテオインパクト・零式》。要求筋力値150を超える超重量級両手武器。

アポカリプス戦で上がったレベル、そして先程上がったレベル、余っていたボーナスポイント全てを費やしてようやく「持てる」だけというとんでもない重たさのこの武器を、私は装備していた。

基本的に要求筋力値というのは武具やアクセサリー全ての数値が加算される。実際に動き回ることを考慮するのであれば、メテオインパクト・零式の分だけでなく防具の要求筋力値も考慮しなければならない。

赤狼装束・独奏は要求筋力値5、子猫丸さんの奥さんからもらったチョーカーも込みで6という破格の軽さを持つ装備だけど、今の私の筋力は152しかない。メテオインパクト・零式の正確な要求筋力値は151なので、私がこれを持ったまま動き回るにはあと5筋力ステータスが足りない。

ではなぜ、私は動けもしない武器を持ったのか。

それは、武器を「持ち上げるだけ」ならば要求筋力値が足りていれば可能だからだ。

つまり私はこの武器を持って敵を倒そうというわけではなく。

「どりゃあああっ！」

その場でぶん投げて使おうとしたのだった。

まさかの投擲に反応できなかったのか、回転しながら飛んでいったメテオインパクト・零式が一番近くにいたゴブリンメイジの頭を吹き飛ばす。

首なし死体となったゴブリンメイジは数秒経ってから消失したものの、その姿を見た同族たちが若干及び腰になるのがわかった。

モンスターたちが一瞬怯《ひる》んだ間に再びメテオインパクト・零式を拾い上げた私は、間髪入れずにモンスターの密集地帯へとこの黒鉄のハンマーを投げつける。

今度の投擲ではバタフライ・マギとその後ろにいたマジカルマタンゴが吹き飛んだ。はるるも言っていたけど、武器のダメージ計算には重さも重要になってくる。打撃武器なら尚更だ。

逆に剣ならば切れ味とか、そういう別のダメージ計算式があるわけなんだけど。

魔の森のモンスターは魔法特化。物理特化の私が魔法に弱いように、彼らだって物理攻撃に対して強いわけじゃない。

つまり私とこの森のモンスターたちは、お互いにお互いが天敵なのだ。

と言っても彼らは私ほど物理防御を捨てているわけじゃないんだけどね。同族に比べて柔らかいってくらい。

多分だけど、この森はリンちゃんのような魔法使いの方がある意味では大変だろう。敵全員が魔法耐性持ちということになるからだ。

さて、彼らに対してメテオインパクト・零式が非常に有効なのはわかったものの、当然ながら黙って蹂躙されるわけがなく。

拾って投げて回収して、この一連のループをこなすのに大体十秒はかかってしまうから、その間に飛んできた魔法は何とかして回避しなければならない。

私は木々に飛び移ったり密集したモンスターの隙間を通り抜けたりしながら、焦ることなく数を減らしていく。

投げて、潰して、殴る蹴るで削ってまた投げて。やることはこの繰り返しでしかないんだけど、だんだんと厳しくなってきた。

メテオインパクト・零式を投げるために、今の私は武器が装備できない。

素手格闘は武器を装備していない限り攻撃力に補正をかけるけど、今の私はメテオインパクト・零式を装備していることになっているからその補正はかからない。

つまり、通常攻撃の威力が落ちているのだ。投擲武器をこまめに取り出しては投げつけることで魔法をキャンセルさせたりと工夫はしているものの、敵がなかなか減っていかない。

戦っている間に他所から駆けつけたモンスターも増えたりして、二十体倒したら十体補充されるような状況だ。

普通に殴るよりは早いとはいえ、こうなってくるとジリ貧だ。

SP管理は慎重にしているけど、一発一発が致命傷のこの場で下手に回避を怠れば待っているのは死だけだ。

《月椿《つばき》の独奏《かなで》》の効果でSPが実質的に倍増しているにも拘《かかわ》らず、休む暇がないせいでSPも既に半分を割っていた。

明確な死の気配を感じながら、しかし私はこのモンスターパニックとでも呼ぶべき状態を楽しんでいた。

残ったモンスターの数はおおよそ三十。集まってくるモンスターも考慮に入れて、五十体倒せば生き残れるかな。

「きっついなあ！」

無理だな、と思ったけど。

できるところまでやるしかない。

メテオインパクト・零式の投擲にも慣れてきて、三体くらい纏《まと》めて薙《な》ぎ払えるようになったし、ワンチャン通せないこともない気がした。


戦っていたのは、たぶん二十分にも満たないわずかな時間だった。

倒した敵の数が三十を超え、四十を数えた頃だろうか。

危険域をとうに超えて尽きかけたＳＰのせいか、息苦しさが胸を突く。

モンスターを倒した端から補充されていくせいで、今視界に見えている敵に倒した敵の数を足せば、既に六十近いモンスターと戦っていた。

「あ……」

再びメテオインパクト・零式を放り投げて三体のモンスターを消し飛ばした後、後ろから飛んできたアイスボールを躱そうとして、身体が止まった。

ＳＰが切れたからだ。

着弾。低すぎる魔防のせいで急激に減らされたＨＰは、当然のように半分を切り、危険域に突入した。

正面からあえて受けた時と違って踏ん張りも利かない。勢いよく吹き飛ばされたおかげで他の魔法を食らうことはなかったものの、その分さらにHPは減った。

SPは戦闘中でも回復するくらい流動的なものだけど、その分一度切れてしまうと強烈なデメリットが発生する、らしい。

それはアーツによる技後硬直なんて笑ってしまうくらいの行動不能時間。

まあ、よほど弱い相手と戦っているわけじゃない限り、死は免《まぬが》れない。

ああ、せめて《月椿の独奏》だけでも外しておければ、デスペナは半分で済むのになぁ。

そう思ったけど、残念ながらアバターの動きは完全に停止していてメニューの操作もできなかった。

色とりどりの魔法が私に迫る。状況は完全に詰んでいた。

そんな中、ふわりと一枚の御札が私の目の前に流れ込んできた。

「《符術・破魔の結界》」

キィン……と、小さくも甲高い音が鳴り響き、紫色で半透明な半円が私を中心に広がった。

半円は飛んできた魔法の全てを受け切ってなお、私の周囲を覆ったままだ。

「ふぅ……間に合って何よりだ」

そう言って軽い調子で現れたのは、着物を纏った女性だった。

白髪長身、そして私とは違って額にではないけれど確かに屹立《きつりつ》する青い角が、彼女が鬼人族であると告げている。

「悪いが、残りは私が引き受けるよ」

突然現れた女性は両手を高らかに打ち鳴らし、滑らかな動作で構えを取る。

「《二式・諸刃の舞》」

女性がそう宣言した瞬間、全身が蒼《あお》白いオーラに包まれる。

バフか何かだろうか。そう思ってぼんやりと眺めていると、女性は両足を広く開いて片手を地面についた。そして引き絞ったもう片方の拳で大地を殴りつけた。

「《震天《しんてん》・裂》」

轟音。そして衝撃。空気が爆ぜ、音が割れるようなとてつもない破壊力の拳が地面を割る。

悲鳴すら上がらない。

私の周囲を囲んでいたモンスターたちは、その全てが大地から突き出した無数の岩の刃に貫かれて絶命していた。

私の周囲だけ、綺麗に地面が残っている。それ以外は半径三十メートルほどの地面が殺戮《さつりく》の杭と化していた。

「無事なようで何よりだ。可愛い鬼人のお嬢さん」

その鬼人族の女性はとても爽やかな笑みを浮かべてそう言った。

話をするにも地面が隆起していて落ち着かないからと、私たちは少し離れたところに移動した。

改めて彼女の姿を見る。白髪に紅の瞳。私とは違う一角の青い角。纏う着物は黒に染まり、武器らしい武器は持っていない。

だが、彼女にはプレイヤーネームがない。これはつまり、彼女がプレイヤーではなくNPCであるということだ。

「私の名前は琥珀《こはく》。君と同じ鬼人族だ」

「私はスクナです。助けてくれてありがとうございました」

「敬語はいらないよ。それに、助けた礼もね。実は茶屋で見かけてから気になって後をつけてたんだ」

「えっ……」

琥珀と名乗った鬼人族の女性NPCに笑顔でストーカー宣言をされ、私は思わず言葉に詰まった。

「君は鬼神様の祝福を受けているだろう？　それは鬼人族にとって最も尊いとされる『純然たる暴力』の象徴なんだ」

若干頬を赤くして語る琥珀は、その目から好奇の色を隠さない。

というか、種族にとって最も尊い思想が純然たる暴力って。

いや、そもそもの種族特性がその方向性なんだからおかしくはないのかもしれないけど……鬼人族って本気で脳筋種族なのかもしれないと思った。

そして何となく反応でわかった。彼女のいう鬼神様の祝福は、酒呑からもらった《鬼灯の簪》ではなく職業《童子》のことなんだろう。

すっかり忘れていたけど、あの職業には鬼人族NPCからの好感度が上がる効果があるのだ。

そして実際に酒呑童子に出会った私は、職業《童子》がなぜ生まれたのかもなんとなく理解できているわけで。

アレを神と崇《あが》める種族が、この世界の鬼人族なのだろう。

「そうだ、これを飲みなよ。ギリギリまで助けなかったお詫《わ》びだ」

「あ、ありがとう」

思い出したかのように渡された薬瓶を受け取る。システムが告げる言葉が正しいのであれば、《ハイポーション》という上位ポーションだ。

飲んでみると、味にはそんなに変化は感じられなかったけど、回復の速度がぐっと上がっているのがわかった。

「スクナ、君さえよければ少し共に行かないか？　君の話が聞いてみたいんだ」

「うん、いいよ。私も琥珀のことに興味があるし」

私のＨＰが回復するのを待っての提案に、私は快く頷《うなず》いた。

せっかく鬼人族のＮＰＣと繋がりを得たのだ。これをフイにするのはあまりにももったいなさすぎる。

あの「符術」とか、聞きたいことは沢山あるのだ。

「よかった！　さしあたり、この森を抜けてしまおうと思うんだけど」

「私もそのつもりだったから、ちょうどいいね」

「よし、じゃあ行こうか」

このゲームを始めて、やっと。

私はようやくＮＰＣと交流を持つことができたのだった。

「なるほど、あの赤狼を倒したのは君だったのか」

「うん。本当に強い相手だったなぁ」

「狼王の写身《うつしみ》が倒されたと聞いた時は驚いたけど……不思議と納得がいくね」

魔の森を進みながら、私たちは穏やかな会話を交わしていた。

配信は継続しているものの、一言断わって琥珀との交流を優先させてもらっている。

琥珀はとても美人なので、リスナーからの反応はとても良好だった。

「狼王のウツシミ？」

「ああ。孤高の赤狼・アリアはね、ある一体のモンスターを映した虚像なんだ」

よくわからない言葉を聞き返すと、琥珀は指を立てて説明してくれる。

「《天枢の狼王・レクイエム》。この世界では神に最も近い強さを持つと言われる絶対的存在のひとつさ」

その名を語る琥珀の目に映るのは、畏怖と憧憬《しょうけい》。

とてつもない力を持つ存在を恐れる気持ちと、それほどの力を持つものへの憧れだった。

「孤高の赤狼、群像の黒狼、幻想の白狼。この三種の《名持ち》のモンスターは、すべて狼王の写身だと伝承で言われてる。曰く、『狼王の写身を打破せし時、狼王への道が開かれん』ってね」

「つまり三種類のモンスターが鍵になってる、ってこと？」

「そうなんじゃないかと言われてるね。ただし、今まで一度だって奴らが倒されたことはなかったから、真偽の程は定かじゃないんだ」

群像の黒狼と、幻想の白狼か。

始まりの街にアリアがいたことは、偶然ではないんだと思う。

琥珀の話を聞く限りでは、常識とまでは判断できなくとも、NPCにはそれなりに浸透した情報のようだし。

レクイエムという名前の、恐らく最強クラスのモンスターへの切符のひとつを始まりの街に置いた理由か。

考えてみたけど、私には皆目見当もつかなかった。

「そもそも、私はその証を初めて見たよ」

「名持ち単独討伐者の証？」

「そう、その神からの贈り物だ。名持ち討伐者はごくごく少数存在するけど、単独討伐者というのは片手の指も必要ない程度しかいないのさ。現存しているのは、《天眼のメルティ》という吸血種の英雄くらいかな」

胸元の証に手で触れると、青色の光を反射する。

プレイヤーがいない世界において、ネームドを倒せるほどのNPCが一体どれだけいるのか。

NPCの命はひとつしかない。今ここにいる琥珀も、プレイヤーとは違って死ねば消えてなくなってしまう。

トライアンドエラーのできない彼ら……ましてや単独討伐者ともなれば途方もない化け物であり、紛れもない英雄だろう。

「《名持ち》のモンスターに種類があるのは知っているかい？」

「戦える人数の話？」

「そう、それだ。孤高の赤狼を含めた単独討伐限定の《名持ち》はね、『戦う相手に合わせて強さが変わる』特性を持つんだ。そして、決して弱者を襲わない。だから、この世界では《試練の使者》とも呼ばれている」

なるほど。既にレベリング廃人のレベルは60を超えているのに、なぜかアリアが討伐されていなかった理由はそれか。

プレイヤーのパラメータ準拠で強さが変わるとか、なかなかえげつない話である。

しかし彼女の話では若干違和感を覚えるところもあった。ソロネームドは弱者を襲わないという部分である。

「え、私レベル14の時に、レベル28のアリアに襲われたんだけど……」

「そこまで低い状態で挑まれた話は聞いたことがないけど……彼らは強者を見抜くって言われてるんだ。そうだな、例えば無傷でウルフを何百体と倒したとか、そんな心当たりはないかい？」

「うっ……」

心当たり、ありますねぇ……。

「先程の戦いを見ていて、察したよ。さすがは鬼神様の祝福を受けた子、君には類まれなる戦闘のセンスがある。赤狼はそれを見抜いたからこそ、戦いを挑んだんじゃないかな」

しみじみと、どこか嬉しそうに琥珀はそう言った。

なんとなく思っていたんだけど、琥珀が私を見つめる瞳には、ちょっと初対面とは思えないくらい熱が篭《こ》もっている気がする。

それは私が童子という、酒呑の系譜に連なる力を得ているからなのか、あるいはソロネームド討伐者だからなのかは、私には判断がつかなかった。

「ねぇ、なんで琥珀は魔法を使えるの？」

「ん？　いや、私は魔法は使えないよ」

意を決して聞いてみた私の質問は、期待はずれな答えとなって返ってきた。

鬼人族は物理ステータスに特化した種族である、というのは今更語るまでもないことだと思う。

筋力、頑丈、器用、敏捷という四つの物理ステータスの全てにおいて最強というわけではないけど、合計値においては他の比較にならないほど圧倒的な伸びを見せる。

反面、魔法に関しては、全てのボーナスポイントを費やしたとしても並以下にもなれないという枷《かせ》を背負っている。

けれど、私と同じ鬼人族のはずの琥珀は、明らかに魔法的なものを使っていた。

符術、と呼んでいたその技法は、少なくともレベル20前後の敵数十体からの魔法を全て防ぎきる防御力を秘めていた。

私にも使えるなら手札として持っておきたい。

そう思っての発言は、あっさりと否定されてしまった。

「実を言うとね、あれはアイテムなんだ」

「アイテム？」

琥珀の言葉を聞いて、振ると閃光が迸《ほとばし》ったり、HPが回復したりするやつを思い浮かべる。

「そうさ。妖狐《ようこ》族の《符術士》という特殊な職に就く者のみが作り出せる符だよ。値段はピンキリだけど、さっき使ったのは1枚1万イリスくらいの中級符術だよ」

「1万イリス……!?」

「私たち鬼人族が手軽に魔法への対策ができる、そう考えれば安いものだよ」

確かに。初級魔法ばかりだったとはいえ、あれほどの物量を苦もなく防ぎきり、かつ雷撃まで弾き切った結界に対しては1万イリスくらいなら払ってもいい気がする。

何せ発動にほとんどラグがない。緊急防御という意味であれほど有能なアイテムもないだろう。

それがたったの1万イリスなら、破格といえば破格の値段だ。使い捨てなのが痛いけど。

しかし妖狐族かぁ。妖狐族はゲームのPVにも出てはいるもののノンプレイアブル、つまり操作不可種族のひとつだったかな。

四足歩行の完全な獣型と、二足歩行の獣人型の二つの形態を持っていて、大人になると人型に変身できるようになるとか。

公式の紹介ページに載っているくらいだから名前だけは有名だけど、少なくとも私は今まで一度も見たことはなかった。

「私、妖狐族って見たことないな」

「それは当然のことさ。彼らは部族意識が高くて、そのほとんどが隠れ里にいるからね。私も鬼人族でなければ彼らとの交流はなかったよ」

「鬼人族でなければ？」

「鬼人族と妖狐族は友好関係にあるんだ。鬼神様と仙狐様が親しい関係にあると伝えられているからか、古くから強い結び付きがあるんだよ」

なるほどなるほど、鬼人族は妖狐族と仲がいいらしい。

それなら私もその内、符術を買いに行けるのでは？

いやでも閉鎖的な種族っぽいし、私は外様《とざま》のプレイヤーだしなぁ……。

「スクナは割と考えてることが顔に出るタイプだね」

「なぬっ」

「はは、まあ君なら気に入られるんじゃないかな。鬼人族も妖狐族も、強者を好む種族だから」

ここに来て再び私の胸に視線が行く。いやらしい意味ではなく、《名持ち単独討伐者の証》にはそれだけの価値があるということなんだろう。程なくして、一際高い木に囲まれた陽だまりが見えてきた。

「さ、そろそろ森の主のところに着くけど、手助けはしなくていいね？」

「もちろん。コレももう手に馴染んだから」

コレ、とはハンマーではなくガントレットの方だ。

先程の戦闘で上がったレベルで得たボーナスポイントにより、メテオインパクト・零式を持つに十分な筋力値は確保している。

ここに至るまでに何度か戦闘を重ね、使い方もほとんど把握した。

ただ、要求筋力値に達したからといって簡単に振り回せたら苦労はない。使い方を把握しただけで、使いこなせているわけじゃないのだ。

そんな私を見て、琥珀は楽しそうに笑った。

「格闘か。そういえば先程も使っていたね……知ってか知らずか、ふふ、よく似合っているよ」

それだけ言うと、琥珀は私の背をそっと押してボス部屋へと誘った。

「行ってくる」

「ああ、行ってらっしゃい」

木漏れ日ではなく日差しが照り付ける空間。

私が足を踏み入れるのを待っていたかのように現れたのは、紫の体色をした一体の大蛇だった。

とぐろを巻いた高さだけでも十メートルはあるかも。そして全身が分厚い。殴りがいはありそうだ。

表示される名前は《ポイズンナーガLv27》。HPゲージは一本だけ。

試練の洞窟のレッドオーガもそうだったけど、ダンジョンボスの名前って割とシンプルだよね。

「さて、やりますか」

シュルシュルと音を立てるポイズンナーガを前に、私は音を立てて拳を合わせた。

WLOの中では、毒を使うモンスターは別に珍しくない。

本来であれば戦えたはずの湿地帯のリザードは毒持ちのモンスターらしいし、果ての森に出てくる《ハイドスネーク》というモンスターも毒を持っている。

実はゴブリンアーチャーも毒矢持ちで……と、ここに至るまでの敵ですらこれだけの数がいるわけだ。

あとはアレか。ロウが倒したというネームド、《誘引の大蛇・ヴラディア》。

フィーアスのあたりに出てくるらしいけど、確かロウが毒系のレアスキルを手に入れていたはずだから、多分それも毒を持っているタイプのモンスターだろう。

そう考えると、目の前のポイズンナーガはそのネームドの劣化版といえば劣化版なのかもしれない。

とはいえ油断は欠片もできないけど。

ここは《魔の森》。それの意味するところは、全てのモンスターが魔法を使えるということだ。

「このゲーム……でかいモンスターは固定砲台になるみたいなルールでもあるの？」

ポイズンナーガは自分の周囲に薄紫の魔法陣を展開させると、同じ色の液体を射出してくる。

回避は容易だったものの、着弾した地面が溶けていくのが見えた。

「そりゃそうだよね」

この地面の溶け具合から言って、毒液と言うよりは消化液に近いものなのかもしれない。

わざわざ魔法として撃ち込んでくる必要性はわからないけど、食らったら普通に痛そうだった。

振り回される体躯は、大きさから回避しづらそうに見えて、

「動きはあんまり速くないな……よし」

しばらく回避に徹してみて、これなら行けると判断した私は、両腕のガントレットを軽く振って

全身に力を込める。

飛んでくる魔法を避けながら、大蛇の分厚いお腹に左右の拳を叩き込んだ。

弱々しく響く、パシン……という音。

クリーンヒットにしては弱すぎる手応えだけど、これでいい。

その瞬間、私の拳が僅かに光を纏った。

《素手格闘》スキルのアーツの特徴。その真髄は連撃にあり。

スキル説明のページに書いてあった一文で、こういっちゃなんだけどそれくらいしか説明のしようもなかったり。

光を纏った拳は、叩き込む度に威力を増す。

最初は弱々しく頼りなかった打撃音も、回数を重ねる度に重く深く響いていく。

このアーツのいいところは猶予《ゆうよ》時間の長さだ。多少の回避を織り交ぜても、アーツの効果は止まらない。

都合十回の連撃は、最初の弱々しい音から一転して、最終的にドォン！　という破裂音へと変わっていた。

アーツ《十重桜《とえざくら》》。

大きくて鈍いモンスターに使うことで最大の威力を発揮する十連撃スキルだ。

私の高い筋力値、そこそこ高い攻撃力を持つヘビメタ・ガントレットの力、そして十重桜による火力の相乗効果があり、ポイズンナーガは既にそのＨＰを三割も失っている。

最後の一撃で怯むポイズンリーガだったけど、私の硬直が解ける前に全身をくねらせて薙ぎ払いを仕掛けてきた。

「ぐぉっ」

女子として若干怪しい声を漏らしつつ、無防備な腹に直撃を食らって私は吹き飛ばされた。

ダメージは大きくない。攻撃の通り具合から見てわかっていたけど、でかい図体はほとんど張りぼてみたいなものだ。

「ふへぇ、硬直でかいなぁ」

まさか無防備で食らうほどとは思わなかった。

一息ついている間にポイズンナーガも改めて体勢を立て直していた。

十重桜は今しがた打ち込んだように威力もあるし、猶予もあるんだけど、その分二つ欠点もあるみたい。

ひとつは硬直時間。技後硬直がかなり長めで、殴り終わった体勢で五秒はかかる。

もうひとつが、十連撃全てを同じモンスターに当てること。これは雑魚モンスター相手に使えないだけで、それほど欠点でもないんだけどね。

ホントはもっと隙が少なくて連撃数も落とした手軽な技もあるんだけど、巨大なモンスター相手でないと使うこともままならないわけで……正直に言うとロマン砲に近いところがある。

でも冷静に考えると魔法を撃ち込まれていたら死んでいたかも。

一応発動できて満足したから、ここからはもっと細かく刻んでいこう。

両手を合わせて全力で打ち込む《双龍》。〇・五秒以内で繋げられる三連撃《三雲》、さらに左、右、回し蹴りと後ろ飛び回し蹴りのコンビネーションである《四葉》に繋げる。

数字がひとつ上がったアーツを接続して連撃に繋げられるのがこのスキルの利点であり、これこそが「真髄は連撃にあり」と言われる理由だ。

なお、接続する度に技後硬直は加算されるので、調子に乗って接続しすぎると酷い目に遭うと思われる。

「よっ……とぉ!?」

三秒ほどの硬直から抜けた私は、襲い来る四つの魔法をバックステップで躱そうとして、地面に足が埋まって一瞬動きを止められた。

無理やり引き抜いてなんとか躱したけど、よくよく見ればあの溶解液のような魔法が当たった地面のうちいくつかが、溶けてぬかるみのようになっている。

パッと見では表面がただ溶けたようにしか見えなかった。穴も空いていないから気づかなかったけど、内側だけを柔らかく溶かす魔法だったのかも。

一応あの魔法が落ちた場所は地面が禿げているからわかることはわかるんだけど……。

ふと、嫌な予想が頭をよぎる。足場を奪って、逃げ場を狭めて。機動力を奪った後にしてきそうな行動ってなんだと思う?

「やっぱそう来るよねぇ……」

ここに至るまで、どれほど強力な魔法だとしてもせいぜいが中級の魔法までしか見てこなかった。

それはあのパニックの最中とは別のタイミングで、ゴブリンメイジが一分ほど時間をかけて放ってきた《アースジャベリン》という魔法だったんだけど、ボール系統の魔法とは比にならない速度を持っていた。

準備に時間がかかっていたし、肝心の射角が丸わかりだったから回避はできたけど、不意に撃たれていたら結構危なかったと思う。

さて、それを踏まえた上で。

今ポイズンナーガが大きく口を開けて構えている魔法陣の大きさは、少なくともアースジャベリンよりは大きいものだ。

何が飛んでくるのかわからないけど、アイスボールで死にかける私がアレを食らったらまあ十中八九死ぬだろう。

しかし幸いなことに発動には時間がかかるようで、魔法陣の光り具合を見るにあと二十秒は溜めを挟みそうだ。

「それだけあればっ！」

ナーガのＨＰはあと六割ほど。回避できるかできないかという賭けに出るくらいなら、試してみたいことがあった。

硬い地面を見極めて思い切り蹴りだし、ポイズンナーガの体に半ば突っ込むように《双龍》を打ち込む。二秒。

反動ダメージがあったけど気にしない。《三雲》、《四葉》を先程以上に鋭く放つ。七秒。

手刀による五連撃《五和》。六秒。

速度重視の高速六連拳撃《六道》。七秒。

「……ここだ！」

《六道》のラスト一発を起点に、《十重桜》を起動する。

《十重桜》の威力は初撃を起点に一撃ごとにダメージを上乗せする加算方式。最終的なダメージは初撃の五十五発分に相当する。

初撃のダメージが大きかったからか、反動は抑えられないほど強い。

三発目にはもう、先程のラストに相当する威力が出ていた。

四回目から耐えられなくなり、私のＨＰが削れる。

五、六と重なる毎にＨＰがゴリゴリ減っていくけど、しかしそれ以上に苦しんでいる奴もいる。

「は……あぁっ！」

七発目。発動している私でも制御しきれないほどの威力を秘めた拳がポイズンナーガの分厚い体を貫いた。

ポイズンナーガは倒れ込み、しばらく痙攣《けいれん》して動かなくなると、溶けるようにポリゴンとなって消えていった。

ここまでわずか十五秒。私の方がレベルが上とはいえ、一分も掛からず50％以上を削り切ってしまった。

もしかしたらこのスキル、ダメージ効率ぶっ壊れているんじゃ……。

「ふぃぃぃ……」

火力が上がりすぎて制御しきれない八発目を虚空に空振りして、アバターが硬直する。

動けはしないけど、もう敵はいないのだ。連撃中我慢していた呼吸をゆっくりと吐いて、十数秒後に動けるようになったところで地面に腰を下ろした。

ぬかるみにお尻がハマりかけたのは内緒ね？

ボス部屋を抜けた私が見たのは、心配など微塵もしていなさそうな自信に満ちた琥珀の姿だった。

そういえばボス部屋は一度突破していれば素通りできるんだっけ。先に待っていたってことは抜け道かな？

「終わったんだ。思ったより早かったね」

「大技撃たれそうだったからさ、最後はタイムアタックみたいになっちゃった」

ふぅと息をついて、私は武器をガントレットからメテオインパクトへと持ち替える。

先程の戦闘で確信した。素手格闘はボス戦では大いに活躍するけど、そもそもが自分にヘイトが向かない状態で使用するスキルだ。

一撃の重さ的に、普通のモンスター相手にはこっちがいい。本音を言えば片手用のメイスも欲しいんだけどね。

「トリリアは森を出てすぐだ。スクナはトリリアは初めてだろう？　きっと驚くよ」

「驚く？」

森の出口が見えてきたあたりで、琥珀は唐突にそんなことを言い出した。

リンちゃんも特に何も言ってなかったと思うんだけど、第三の街であるトリリアに何かあるってことなんだろうか。

森を抜けると、数百メートルほど先に街が見えた。何か違和感があると思ったら、あの街の外壁は始まりの街やデュアリスに比べて、あまりにも低いのだ。

しかし、遠目からでもその理由は容易に理解できた。

モンスターの侵入を防ぐ壁なんて、純粋に不要なんだ。

私の視線の先。第三の街は、湖の上に建っていたのだから。

「アレが湖上要塞都市・トリリアだよ。水の都とも呼ばれたりするね」

「はー……すごいな」

湖のほとりまで歩いてみると、都市をぐるりと囲ってなお余裕があるほど巨大な湖であることがわかる。

そのまま惚《ほう》けるようにトリリアを眺めていると、突然何かが湖から飛び出してきて水をかけられた。

「キュルルルッ！」

「うわっ、何⁉」

そのまま飛びつかれて押し倒された私は、結構力の強い謎生物の下敷きにされてしまった。

「水竜の子じゃないか。こんな浅瀬に出てくるなんて珍しいね」

「水竜？　おうおう……舐《な》めないで舐めないでザラザラするから」

なんだか異様に友好的というか懐いているというか、ペロペロと顔を舐めてくる謎生物をなんとか退かす。

水竜と呼ばれていたその生物は首長竜というよりは蛇のような細長い胴体をしていて、退かしたはいいものの再び私の体に巻きついてきた。

レベルの表示もHPの表示もない。ということは、モンスターの扱いじゃないんだ。

「水竜はとても賢くて、トリリアではとてもメジャーな生物なんだ。少なくとも人を襲うことはない温厚な生物だよ」

「今私襲われてない？」

「いや、それはじゃれついてるだけだね。お腹が減ってるのかもしれない」

「そうなの？」

「キュルッ」

返事をするように鳴き声を発して頷いた水竜が何となく可愛らしくて、試しに頭を撫でてみる。

とても滑らかな鱗だ。頭を撫でてやると、水竜は気持ちよさそうに目を細めていた。

試しに魔の森で拾い集めたマジカル茸を取り出してみると、水竜は何度か舌先で確かめてからパクリと飲み込んでしまった。

もっともっとと言わんばかりに巻き付いてくる水竜に手持ちのマジカル茸を食い尽くされた頃、いっぱい食べて満足したのか、水竜は私の体に巻き付くのをやめて水中に潜っていった。二十本以上あったのに。

「行っちゃった……」

「キュッ！」

「うおっ⁉」

見送りくらいしてあげようと思ってたら、水竜はすぐに戻ってきた。口にくわえた何かを私に放り投げると、一声鳴いてから勢いよく湖底へと消えていった。

受け止めたものを見ると、大きな青いガラスのような球体だった。

「何これ」

「これは……水の竜結晶だな。それもかなり大きいね」

「竜結晶？」

「竜が生まれつき体内に持っている結晶だよ。成長するにつれて大きく、純度の高いものに変化していく。このサイズだと……百年物ってところかな。多分亡くなった水竜のものをあの子が持ってたんだろうね」

「ふーん……これは良いものなの？」

「人にとっては、武具に属性を付けるのに使えるから便利だよ。光り物を好む竜にとっても大切なものだとは思うけど、嗜好品《しこう》の類だ。だからこそお礼にくれたのかもしれないよ」

野球ボール大の結晶……というより水晶かな。よくよく見ると内部で液体が揺れているように見える。

マジカル茸は少しもったいないけど、もしかしたらいいものを手に入れたのかもしれない。

それにしても、動物にじゃれつかれたのは初めての経験で、ちょっと惜しい気持ちが胸に残った。

ペットに限らず、私は人生で動物と触れ合ったことがほとんどない。なんでかわからないけど逃げられちゃうのだ。

もしかしたらゲームの中なら触れ合うこともできるのかもしれない。さっきの水竜の子に関してはモンスターでもなかったしね。

「可愛かった……」

「スクナの感性は独特だね」

ほっといてください。


「おい、あれ……」

「うお、マジだよ」

「ステキよね……」

「かっけぇ……」

トリリアに入る前、検問のために並んでいると、周囲の目線がこちらを向いてくるのに気がついた。

要塞都市と言うだけあって、トリリアにはちゃんと検問がしかれていた。

元より街に犯罪プレイヤーは入れないんだけど、まあポーズというかなんというか。

街に出入りするのはプレイヤーだけじゃないから、どっちかと言えばＮＰＣへの検問と言ってもいいだろう。

さて、こちらに視線を向けている彼ら彼女らの視線の先にいるのは私ではなく、琥珀の方。

ひそひそ声を拾い集めた感じ、どうも琥珀はＮＰＣの中では結構有名な存在のようだ。

なになに……？

「……《はじょう》の琥珀？」

「ん、まあ、そう呼ばれることもあるかな」

少し気恥ずかしそうに頬をかく琥珀。

二つ名、とでも言うんだろうけど……ＮＰＣの間で有名って結構なことだよね。

どんな由来でと聞こうと思ったら、琥珀は自分からそれを話し始めた。

「昔、災害級の名持ちモンスターが帝都を襲ったことがあってね。その時、帝都の守護を任されたんだ。名前は確か……《蠢《うごめ》く古城・アルマ》だったかな。まさに動く城というモンスターだったんだけど……若気の至りというか、その城壁を粉々に破砕したのをきっかけに二つ名で呼ばれるようになったんだよ」

「なるほど……《破城》ね」

いや、なるほどとか言ってごめん、ちょっと何を言っているのかわからないですね……。

城壁を？　粉々に？　破砕した？　若気の至りで？

照れくさそうに笑っているけど、ちょっとシャレにならない話だと思うんですけど。

それは果たして人間業と呼んでいいのか……いや、私たち純粋な人間じゃないけども……。

「やろうと思えばできるものだよ」

「いや、どうかなぁ……」

「いいや、できるさ。私にできたことが君にできないはずがないからね」

思わず背筋が伸びてしまうような真っ直ぐな言葉に、私はどこか違和感を覚えた。

違和感という程のことじゃない、取るに足りない引っ掛かりだ。出会ったばかりの人に感じるようなことじゃない、そうわかっていても、今の断言には「らしくないな」と思ってしまった。

「ねぇ、琥珀ならひとりでも……それこそ、アリアみたいなネームドを倒せるんじゃないの？」

それは冗談のつもりでかけた言葉だった。

けれど、琥珀は首を振り、とても真剣な声音で否定した。

「それはできない」

「どうして？」

「願いがあるんだ。だから、それを見届けるまでは死ねない。名持ちとの戦いは命を賭す必要があるからね」

そう言って、夢見る少女のような表情で、琥珀は私のことを見つめていた。

そんな眩しい表情とは裏腹に、琥珀が浮かべているのはゾクリと背筋が凍るような、暗い暗い闇のような瞳。

その瞳に宿るのは羨望《せんぼう》と嫉妬で、けどそれだけじゃ語り尽くせない泥のような感情だった。

ああ、そっか。やっとわかった。琥珀が私に構ってくれる理由。わざわざ助けた理由も、こうして色々なことを伝えてくれる理由も。

茶屋で見かけて追ってきたという割にはすぐに話しかけるわけでもなく、死にかけるまでは遠目で見守るだけ。

おかしいとまでは言わなくとも、どうしてだろうとは思っていた。

「場所を変えようか。少し長い話になるからね」

「うん、わかった」

琥珀という、この世界に生きる人物が何を抱えているのか。

その始まりは、システムアナウンスにより告げられた。

『《エクストラクエスト：鬼姫《おにひめ》・憧憬《しょうけい》鬼譚《きたん》》を開始します』

＊＊＊

生まれた時はレベル1。それはこの世界に生まれるあらゆる生物に平等に成り立つ法則である。

初期値、成長率、その他もろもろの種族差はあれど、レベル自体は必ず1で生まれてくる。

生まれた時点で同じ種族である以上、同条件のプレイヤーとＮＰＣの合計ステータスには実は全く差が生まれない。

しかしながら、ＮＰＣとプレイヤーには絶対的な違いがある。

ひとつがスキル。

そしてもうひとつが成長性だ。

プレイヤーはボーナスステータスポイントという、己の成長の方向性を自分で決める権利が与えられている。そして同時に、一定のスキルを自在に交換して戦うこともできる。

しかしＮＰＣに与えられるステータスの割り振りは、プレイヤーと違い大きなランダム要素に左右される。

努力によりある程度の方向性は定められるが、全く意味のないステータスを押し付けられることもある。生涯に手に入れられるポイントのうち、自分の努力で方向性を選べるのはせいぜいが六割程度だ。

そしてスキルに関しては努力の末に手に入れられる血の結晶であり、プレイヤーのように付け替えることもできはしない。

自由な成長の可能性を得ることができないが故に、ＮＰＣにとってはステータスの割り振られ方こそが才能そのものだ。

使えもしない知力にステータスが振られる鬼人族や、職人の道に進みたかったのに器用が全く伸びなかった人族。

数え切れないほどの悲哀の連鎖の中で、それを慰《なぐさ》めるのに最も手っ取り早い言葉が「運命」であったのは当然といえば当然のこと。

そう。琥珀もまた運命に弄ばれたＮＰＣのひとりだった。

「私はね、スクナ。誰よりも恵まれていたんだと思う」

お気に入りだという琥珀色のブランデーをひと口飲んでから、琥珀はゆったりと話し始めた。

ここは琥珀が連れてきてくれた裏路地のバー。彼女の御用達なのか、すぐに個室に案内された。お通しにしては高価そうなチーズっぽい何かをつまみながら、私は彼女が話し始めるのを待っていたのだ。

「これを見てくれるかい？」

そう言って彼女が懐から取り出したのは、ヒヒイロカネの指輪。その先端に象《かたど》られているのは鬼灯だろうか。

「《パワーホルダー》。この世界で最も筋力に秀《ひい》でた存在に創造神から与えられるアクセサリーさ」

「それって……」

「そう、実は私、この世界で一番の力持ちなんだ」

琥珀はそう言っておどけてみせるけど、誇らしさなんて微塵も感じない。本人がそれを無価値だと断じていた。

「もちろん、鬼神様には遠く及ばないけどね。……私はね、スクナ。今まで何度もレベルアップを重ねてきたけれど、たった一回の機会を除いて全ての才能が筋力のステータスに捧げられてきた。小さな頃は鬼人族の中でも飛び抜けた才能の持ち主だと言われながら育ったよ」

「全て」。ゲーム内での言葉で表現するなら「極振り」だろうか。

一体どれほど運命に愛されれば、それほど偏ったステータスを与えられるのだろう。

パワーホルダー。この世界で最も高い筋力値を持つ者。それこそ城壁を正面から破壊するほどの力を持つ、鬼人族の極致に立つのが目の前にいる琥珀という鬼だ。

彼女を見ていてわかるのは、それが途方もない数値なのだろうということだけ。

そしてわずか一回という強調されたその言葉こそが、彼女の瞳に宿る感情の正体なのだ。

「私の一族は鬼人族の中でもかなり立場ある存在でね。教育も相まって、幼い頃の私は鬼神様に憧れていた。ステータスの伸びも、戦いの才能も、鬼神様に見初《みそ》められたからこそなのだと信じて疑わなかったよ。鬼神様の祝福を得るのは私だと確信さえしていた」

馬鹿な子供さ、と自嘲したように呟いて琥珀は手元のブランデーをあおる。

「ふぅ……。けれど、私は職業を得る時、鬼神様の祝福を……《童子》の適性を得られなかった。もう何十年前になるか……当時の私は荒れに荒れたよ。具体的には里を半壊させてしまったんだけどね」

「えぇ……」

今の飄々《ひょうひょう》とした琥珀の印象からは想像できないほどバイオレンスな過去語りに、私は思わず声を漏らしてしまった。

自覚はあるのか、琥珀はその反応に微笑みながら話を続ける。

「ふふ、始まりの地から訪れた君にはわからないかもしれないが、鬼人族とは元来感情の昂《たかぶ》りに大きく左右される種族なんだ。私は当時から里で一番の実力があったからね。それはもう酷い被害が出たよ。死者が出なかっただけ幸いだった」

「琥珀、ほんとに強いんだね」

「意外かい？　……とはいえその一件で私は一度鬼人族の里を追放されてね。閉鎖的な鬼人族にあって、私がこうして外の世界を旅しているのはそれが原因なんだ」

琥珀の話を繋げてみると確かに筋が通っていて、しかし私はひとつだけ気になることがあった。

「妖狐族との関係は？　鬼人族と仲がいいって言っても、追放されてたら繋がりも持ちづらいんじゃないの？」

「いや、もう追放は解かれてるから」

「あ、そうなんだ……ごめん、話遮っちゃったね」

「いいんだ。湿っぽい話には合いの手があるくらいがちょうどいい」

よかった、とりあえず符術士への道のりは途絶えていなかったらしい。

酔いが回ってきたのか、少し頬を赤く染めている。琥珀は先程までの闇を孕んだ空気を一変させ、明るい雰囲気を纏い始めた。

「里を追いやられてから色々と調べてね。君も知っての通り、鬼人族が《童子》になるためには魔法技能の全てを放棄する必要があることがわかった。そして同時に、この世界に生まれる鬼人族はほぼ例外なく、生まれつき知力に才能を割り振られていることがわかってしまった」

「なんじゃそりゃ……」

「運命のいたずらか、はたまた鬼神様を封じておきたい創造神の仕業か……ハッキリとはわからないけどね。確かなのは、里に生まれる鬼人族では《童子》になることはできないということだけだった」

「生まれつき」、そんな絶望的な話があるだろうか。

私たちがキャラクリエイトをする時に得られるボーナスポイントは自由に使い道を決められるけ

ど、NPCはそれがランダムに振りわけられる。

そのほんの一部だけが魔法技能に割り振られるように仕組まれているのだとすれば、なかなかにふざけた話だ。

琥珀は一番欲しかったものを最初から失っていたということなんだから。

いや、琥珀に限った話じゃない。この世界の鬼人族はみんなそうなんだ。

「伝承によれば、鬼神様の復活にはどうしても《童子》が必要だ。祝福とは言ってしまえば《縁》そのもの。かつて創造神に封印された鬼神様がこの世に干渉するには、どうあっても《童子》という存在を介さないといけない。しかし悲しいかな……この世界に生まれる鬼人族では《童子》にはなれないんだよ」

琥珀の語る内容は、メタ的に言うならば鬼人族プレイヤーへのエクストラクエストを発生させるための設定だろう。

《童子》という、大きな枷を付けられる職業の存在意義。万が一にもこの世界で生まれる鬼人族が鬼神を復活させられないように。

と言っても、《童子》になればあの鬼神・酒呑童子に会えるのかと言われれば私も首を傾げざるを得ないけれど。

他の《童子》プレイヤーに出会ったこともないし、私自身、どうしてあの場に呼ばれたのかはさっぱりわからないのだから。

「私自身が祝福を得られなかったことに納得しても、次に待っていたのは『鬼神様への道筋が消えた』という事実さ。鬼神様が封印されて以来、鬼人族の里から《童子》が誕生したことはない。妹様が亡くなられてからは、もはや影すらなくなってしまった」

一息に語ってため息をついてから、琥珀はグラスの中身を全て飲み干した。

「一目でいい。私はね、我らの神に一度でいいからお会いしたいんだ。……不思議なものだよね。得られないとわかった瞬間、焦がれるほどに欲しくなる」

琥珀の話を聞いて、私は必死に頭を働かせる。

WLOにおける鬼人族、その歴史のごく一部を琥珀の人生になぞらえて語ってもらっただけだけど、それを繋ぎ合わせるのはなかなかに難しい。

重要な情報その一。琥珀はこの世界で最も筋力値が高い存在であり、最も《童子》に近づきながらなれなかった存在でもある。

重要な情報その二。この世界に元々生きている鬼人族はほぼ確実に《童子》にはなれない。

重要な情報その三。鬼神が干渉できるのは《童子》という縁を持った存在のみである。

重要な情報その四。少なくとも鬼人族の里においては鬼神の封印後、《童子》の誕生はない。

そして、琥珀の願いは酒呑童子への謁見《えっけん》である。

ここまで整理して、ふと疑問が生まれた。

琥珀の話も一段落したようなので、私の方から尋ねることにした。

「ねぇ、琥珀。鬼神様の職業って、《童子》だったの？」

「いや、鬼神様は職業そのものを持っていなかったと伝えられている。《童子》という職業は、あのお方が神に至った時に授けられた名を元に誕生したそうだからね」

なるほど、琥珀の言うことはおおよそ私の想像と合っていた。

やっぱり、《童子》の始まりは酒呑だったんだ。

「妹様って？」

「鬼神様の妹君だよ。自由奔放な鬼神様が唯一逆らえなかったとも言われているね。不変の呪いがかけられていて、死の際までとても若々しいお姿だったな……」

「え、会ったことあるの？」

「ああ、亡くなったのは半世紀ほど前だからね」

「ほへぇ……じゃあ琥珀って少なくとも五十超えてるんだ」

「私も鬼人族ではまだまだ若造だよ。とはいえ、鬼人族において大切なのは年齢じゃなく強さと実績なんだけどね」

琥珀は見た目だけなら二十代の前半、それこそリンちゃんに匹敵する美人さんだ。

それが五十歳をゆうに超えているというのも驚きだけど、それを若いと言えてしまう鬼人族の平均寿命に驚いた。

それにしても、酒呑の妹さんは亡くなっていたんだな。

もし仮に復活したとして、酒呑はどう思うんだろう。寂しいとか思うんだろうか。

何となく、一度会ってみたいとそう思った。

「長い話になってしまったけど、私は今更祝福に未練もないし、スクナに何かを強いるつもりでもないんだ。ただ、ひとつ嘘をついていたのは謝らなければならないね」

「それは何となくわかるよ。琥珀、多分だけど私がデュアリスに着く前からずっと私をつけてたんでしょ」

少しだけ真剣な表情でカミングアウトしようとした琥珀の言葉を遮って指摘すると、彼女は驚きを隠すことなく表情に浮かべた。

「始まりの街から出立したら、ほぼ間違いなくデュアリスで職業を選択することになる。始まりの街にたくさんの鬼人族が生まれ落ちたって聞いて、琥珀はこの三週間ずっと鬼人族をマークしてたんじゃない？　もしかしたら《童子》に手が届くのがいるかもしれないって」

なるべくプレイヤーという言葉を使わないようにしながら、私は琥珀に自分の考えを伝える。

ＮＰＣからのプレイヤーへの認識がわからないからね。下手な言葉は使えない。

琥珀は茶屋で見かけて追ってきたなんて言っていたけど、それは「私を」追ってくる理由には弱い。

第一に、鬼人族のプレイヤーは私以外にも少なからずいる。その全ての中から私をピンポイントで追ってくるってよっぽどだ。

よしんば私が《童子》であることを見抜いてのことだったとしても、貴重なアイテムを使って助けるにはタイミングが遅すぎる。

そもそも声をかけたいだけならもっと早くかければいいし、力を見極めるなんて明らかに何か目的があるとしか思えないし。

まあ、それ以前に琥珀ほどの実力者がデュアリスにいるってこと自体がおかしいんだけどさ。

「私の前に何人の《童子》がいたのかは知らないけど……全員声掛けてるんじゃない？」

「……八人だよ。スクナ、君に出会うまでに八人会った」

たった八人しかいないのか。私が第二陣の中では前の方を走っているとしても、半分の一万人のうちたった八人。

「回りくどいのもいらないかな。スクナ、私はこのチャンスを逃したくはないんだ。これから先、どれほどの《童子》が生まれるかもわからない。私がいつまで生きていられるかもわからない。だから……」

「鬼神様の復活を手伝えばいいんだね。いいよ」

結局回りくどくなりそうな琥珀の申し出を、私は食い気味に了承した。いや、ほら、琥珀って話長いところあるから……。

それはもう真剣な表情の琥珀には申し訳ないんだけど、これに関してはむしろ私がお願いしなきゃいけない立場なわけで。

パァっと表情を綻《ほころ》ばせた琥珀だったけど、続く私の言葉で彼女は完全に凍りついた。

「というか、うん。ごめん、黙ってたんだけど……私、鬼神様に会ったことあるんだ」

「え？」

それはもう綺麗に。

彫像のように微動だにせず、琥珀は完全に動きを停止させた。

死ぬ。

絶対に死ぬ。

例えるなら隕石が頭上に落ちてきたような、圧倒的な死への絶望感を感じる。

え？　何にって？

琥珀の揺さぶりに対してかなぁ……。

「ど、どんなお姿だった⁉　髪や角の色は⁉　お召し物は⁉　喋り方だけでも……！　いや、待ってダメだそんな又聞きなんてもったいないこと‼　ああでも知りたい‼　気になる‼」

私の推定だと軽く四桁は超えているであろう頭抜けた腕力でガックンガックンされた私は、急激に減っていくＨＰに気づくことも無く、三振り目にはグロッキーになっていた。

なんというか、そうね。全身がシェイクされるような……内臓の位置がズレるような……あっ死ぬ……。

「ぎ、ぎぶ……」

「はっ⁉　ごめん！」

「ぐぇっ」

ぱっと手を離されたせいで床にべちゃっと叩きつけられた私は、動くこともできずに倒れ伏した。

「スクナ？　死ぬなスクナーーーーーーっ！」

いや、死んでないから……。

何事かと駆けつけたバーの店主に大丈夫ですと返して起き上がった私は、フラフラしながら床に座り直した。

うーん、なんだかまだ揺れているような気がする。

「す、すまない……」

「いやぁ……いいよぉ……」

「フラフラじゃないか。……そうだ、スクナ、ここにおいで」

そう言った琥珀は正座をすると、ぽんぽんと腿《もも》を叩いて手招きした。つまりは膝枕の体勢である。

言われるままに膝枕を借りると、なかなか柔らかな感覚が後頭部を包み込む。素直に気持ちいい。

うーん、膝枕ってほんとは腿枕だよね。なんで膝枕って言うんだろうね。

「私が見た鬼神様は私の姿を写身にした仮の姿だったよ」

「そ、そうか。嬉しいような残念なような……じゃあ、結局スクナもよくわからないってことなんだね」

「容姿とかはさっぱりだよ」

あの時会った酒呑は私のアバターを細部まで再現して鏡写しにしたものだったから、私自身彼女の姿はわからない。

わかっているのは、どうやったらあそこに辿り着けるのかということだけだ。

あれ？　よく考えると、琥珀はどうやって酒呑の封印を解こうとしたんだろう。私は直接導かれているけれど、彼女は会ったことがないはずだ。

CRITICAL!

「そういえば、琥珀も鬼神様の復活を……ってことだったけど、アテはあったの？」

「一応ね。……スクナは鬼神様がなぜ創造神に封印されたかは知っているかい？」

「全然知らない」

「鬼神様は、かつて怒りに我を忘れて三つの種族を滅ぼして、世界の八割を焦土に変えたんだ。一説によると、その三種族に大切な何かを奪われたらしい。これは神になる前、普通の鬼人族だった頃の話だよ」

里を壊滅させた琥珀といい、種族を三つ滅ぼした酒呑といい、鬼人族は感情の制御に難がありすぎでは？

「その凶行を見兼ねた創造神が世界の果ての裏側……今で言う《果ての森》に封印したというのが鬼人族に伝わる物語だ。つまり……」

「果ての森に手がかりがある、と」

「そういうことだね」

そうか、鬼人族にはちゃんと、果ての森に酒呑が封印されているのは伝わっているんだ。

本来は琥珀のようにそれを知るＮＰＣから情報を集めて、果ての森の祠を目指していくのが正道なのかな。

「私が鬼神様に目指すように言われたのも果ての森だと思う」

「なるほど、やはり伝承は間違ってはいないのか」

「私が教えられたのは――」

顎に手を当てて考える琥珀に、私の知っていることをできる限り伝える。

果ての森の祠を探さなければならないこと、最低でもレベル50を超えなければならないこと、頭の簪が幽世と呼ばれる世界に行く鍵になっていること、そして幽世には強力な敵がいるらしいということ。

「幽世を超えるには、私ひとりじゃ足りない。絶対に琥珀の力が必要になると思うんだ」

「……はは、君は先の見えない暗闇を照らす光だね。諦めていた夢を、もう一度見ることができるなんて」

琥珀はそういうと、ほんの少し俯《うつむ》いてから笑顔を浮かべた。

「現代最強の鬼人の力、君に預けよう。鬼神様の封印を解くために」

「うん、私も琥珀の夢を叶えるために、私の目的のために頑張るよ」

重要なのは互いの利。無償の奉仕なんかよりも遥かに信用できる契約だ。

私と琥珀の間で交わされた約束は、そういう類のものだった。

だって私たち、出会ってからまだ数時間しか経っていないんだから。

「スクナ。このあともう少しだけ時間をもらってもいいかな」

「全然大丈夫だけど、どうかしたの？」

お勘定を終えてバーを後にする前に、私は琥珀から呼び止められた。

「スクナは《素手格闘》スキルを持っているだろう？　《鬼《おに》の舞《まい》》を教えておこうと思ってね」

「おにのまい？」

私の返答に、琥珀は不敵な笑みを浮かべてこう言った。

「鬼神様が遺された、鬼人族にしか扱えないスキルだよ」

＊＊＊

「ふぅ……なんかこう、毎日が濃いなぁ……」

数時間後。みっちりと琥珀に修行をつけられた私は、ゲームを終えて現実に帰還していた。

リンちゃんはまだプレイ中。ご飯を作ってもいいんだけど、私は凝った料理とか作れないしなぁ。

「そうだ、掲示板とか見てみようかな」

少し手持ち無沙汰になった私は、WLOの公式掲示板を見ることにした。

プレイヤーIDを持っていれば色んな端末から見ることができて、もちろんゲーム内からでも見られるけど街などの安全地帯に限られる。

なんで見ようと思ったのかと言えば、実は琥珀との密談も含めて、私は配信を切ることなくずっと流し続けていたのだ。

流石にコメントの量は減ってはいたものの、リスナー自体は魔の森に潜り始めた時よりは多くいて、配信のランキングでもカテゴリのTOP10に入っていた。

どうせバレているなら情報共有しておこうかなと思ったわけだ。

「えーと、鬼人族っと……あったあった、専用掲示板」

WLOは多種多様な種族が選べるゲームだけれど、プレイヤーの種族比はなんと四割が人族という極めて偏った結果になっている。

残りの三割が獣人、一割がエルフ、あとの二割を色んな種族で食い合っている感じなのだが、これはエルフと獣人と人族以外の種族がかなり特化した性能を持っていることが原因だ。

例えば鬼人族は物理に、妖精族は魔法に特化している。ドワーフなら生産の中でも鍛冶に強く、小人族は手芸に強かったり。

その種族を選んだ時点でかなりプレイングに制限がかかるので、比較的自由度の高い三種族に人気が集まっているわけである。

ちなみに獣人と一括りで呼んではいるものの、獣の種類によって別の種族扱いなので、亜人種の数がかさましされている理由は大体ここにあったりする。

さて、何が言いたいのかというと。

鬼人族のプレイヤーは全プレイヤーから見ても5%に満たないマイノリティ寄りの種族であるということだ。

そのくらいの人数しかいないとなると、種族専用の掲示板なんてのもあったりするわけで。

「あー……やっぱり」

予想通りといえば予想通り。

鬼人族の専用掲示板は、私の放送の内容を元に大きな盛り上がりを見せているようだった。

私と琥珀が出会った時間くらいから急に書き込みの量が増えているから、多分盛り上がっているんだと思うんだけど。

「あ、このテンプレっていうの面白いな」

掲示板というものをほとんど見たことがない私は、内容を追っていく前に入り口のテンプレートに気を取られて、初の書き込みに至るまで三十分の時間を費やしたのだった。

＊＊＊鬼人族専用掲示板

【WLO】鬼人族専用掲示板25【鬼人の里】

1：†

ここは鬼人族専用掲示板です。雑談、情報交換など、節度を守って楽しく盛り上げていきましょう。

―

22：クロロベンゼン

だあああまた負けたあああああああぁぁぁ

23：天道虫

＞＞22

プークスクス

幼女に負けてどんな気持ち？　ねぇどんな気持ち??

24：クロロベンゼン
＞＞23うっせぇ！
見た目詐欺のロリBBAだろうが！

25：てっぺんヒミコ
また薬品殿が負けてて草

26：ザック
いやーでもあのロリほんと強いからなぁ……

27：クロロベンゼン
せっかく隠れ里にたどり着いたのに戦闘狂しかいなくて辛いれす

28：天道虫
まー主流の魔防型だと基本的にステータスで不利だからねぇ……ふひひ

29：てっぺんヒミコ

この世界の鬼人族、童子ではないにせよ魔法技能をほぼ捨てておるからのぅ

30：クロロベンゼン
でもここを突破しなきゃレアスキル取れないんだろ？
どうやったら勝てるんだあああ

31：天道虫
レベル上げて物理で殴る

32：クロロベンゼン
＞＞31
ぺっ、役立たずが！

33：天道虫
＞＞32
おやおや敗北者の遠吠えは恥ずかしいですぞ

34：ザック

いや、てんとうむしさんも幼女に勝ってないんじゃ……

35：メメメ・メメメ・メメメル
それでそこまで煽れる精神が強すぎる
おはざます

36：てっぺんヒミコ
メグルさんおはよう

37：ぷろしゅうと
おはゆ
例のあの子、これから魔の森に挑むみたいよ～

38：クロロベンゼン
魔の森とかいう鬼人族メタ
あれがなきゃもっと特殊職業も盛んだったろ

39：天道虫

＞＞37
スクナたそ？

40：ぷろしゅうと
＞＞39
そうよ～
武器変わってるわね～

41：てっぺんヒミコ
真っ黒な金属ってヘビメタしか知らんのじゃが
フィーアス以降でしか取れんはずなんじゃが
クソ重いって印象しかないんじゃが
あの子いま何レベルなんじゃ

42：クロロベンゼン
ヘビメタのガントレットとか新しいな
てか打撃武器片手メイスに続いて素手格闘まで取ったのか

43：メメメ・メメメ・メメメル
へビメタはいい素材ですよ
愛用してます
スクナさんにはいろいろと親近感わきますね

44：ぷろしゅうと
＞＞43
めぐさんもスクナちゃんと同じで童子だものね～
魔防型はどうしても筋力に余裕がなくなりがちだから羨ましいわ～

45：メメメ・メメメ・メメメル
＞＞44
その分魔法技能は捨ててますから
魔の森はしんどかったなぁ

46：ザック
ふぅむ、武道とかとは全く違うけど
ヤンキーの戦い方をめちゃくちゃ鋭くしたみたいな

ヤクザキックしそう

47：天下一品
赤狼討伐検証板によると
スクナたその最大の強みは動体視力らしい
そして見てから行動を変えられる反射神経
こればっかりは才能よな

48：クロロベンゼン
シャイニングウィザードしねぇかな

49：ぺガサス星光
VR慣れすれば高ステータスを扱えるようになる反面、動体視力ばっかりはスキルで補う必要
もありますからね

50：天道虫
スレがにわかに盛り上がってきた

―

156：クロロベンゼン
あーー！

157：ぷろしゅうと
スクナちゃん……

158：天道虫
たそが死んだ……ううっ

159：メメメ・メメメ・メメメル
やっぱ害悪光狐ですね

160：霊丸
いや生きてね？

161：メメメ・メメメ・メメメル
ほんとだ

162：ペガサス星光
あっ琥珀様だ

163：ぷろしゅうと
琥珀様!?

164：ザック
相変わらず美人だなぁ

165：蓮華
相変わらず化け物みたいな強さだなあ

166：天道虫
琥珀様が姿見せたの一週間ぶりくらい？

167：てっぺんヒミコ
童子にならなきゃ会えない説は確定っぽいのぅ

第一陣と第二陣の空白がそんなもんじゃろうし

168：ザック
それにしては接触が遅かったような
これまでは職業決めてすぐって話じゃなかった？

169：ぷろしゅうと
スクナちゃん、赤狼狩りの時点で異例だし～
本スレで昨日の事件の最中にいたらしいって話もあったし～

170：メメメ・メメメ・メメメル
＞＞169
昨日の事件って、黒竜テロの話です？

171：蓮華
嫌な事件だったね……

172：ぷろしゅうと

そうよ～
放送の頭で魔法に巻き込まれたって話はしてたけどね～
本スレの方の話だと、殺人姫と戦ってたとか～

１７３：クロロベンゼン
＞＞１７２
アイツの話聞いたらお腹痛くなってきた

１７４：蓮華
なんか急に胡散臭くなったような
なんだってあのレベリング廃人がデュアリスにいるのさ

１７５：ペガサス星光
確かに

１７６：桃鉄
＞＞１７３
一昨日グリフィスで殺られたやつに聞いたらレベル６０超えてたらしいぞえ

177：ぷろしゅうと
まあ殺人姫については置いといて～
もしかしたらスクナちゃん、あの黒竜とも戦ったんじゃないのかな～って思ったりしてて～

178：天道虫
それはそれで殺人姫に殺されずに済んだってことでやべーやつなのでは？

179：クロロベンゼン
やべーやつなのは周知だろが

180：メメメ・メメメ　メメメル
なんにせよこのスレのみんなが待ち望んだ展開ですよね
スクナさんが童子を選んだ時から

181：てっぺんヒミコ
そうじゃのう
せっかく見つけた鬼人の里も現状ではあまり意味もなし

せっかくのレアスキルも門番が強すぎて手に入らんし

182：ペガサス星光
メジャーな三つが人口の分クエストで優遇されてるせいか、こっちの種族クエストが少なすぎる件

183：あかみちゃん
てんすうのろうおうれくいえむ

184：てっぺんヒミコ
レクイエム、聞いたことないのう

185：メメメ・メメメ・メメメル
赤身さんも来ましたか

186：クロロベンゼン
平日の昼だぞぉ
群像の黒狼は聞き覚えあんな

187：ぷろしゅうと
確か火山に巣食う悪魔とか呼ばれてなかったかしら～

188：クロロベンゼン
おおそれだ
確かゼロノアの先だったはずだから、次っちゃ次なんだよな

189：天道虫
白狼はわからないかなぁ

190：メメメ・メメメ・メメメル
天眼の名は有名ですよね
世界最強の吸血種、たったひとりで星を落としたとかいう英雄キャラ

191：ぷろしゅうと
琥珀様も英雄側なのに面識ないのね～
初めて見たってことは～

192：てっぺんヒミコ
それにしてもこんなに饒舌な琥珀様は初めて見るのぉ

193：あかみちゃん
まーでも里の人の話を統合する限り結構ヤンチャな人っぽいしこっちが素なんじゃなーい？

194：海豚
そんなことよりあの子が付けてる簪の方が気になる……鬼灯ってさ……この世界ではさ……鬼神の象徴でしょ……？

195：クロロベンゼン
うみぶたの兄貴！
相変わらず目の付け所がねちっこいなぁ

196：てっぺんヒミコ
＞＞194
鬼神……里の方では何かわかったんじゃろか

197：海豚
新しいことはあまり……ただ、鬼人族にとっては物凄く神聖な存在であることと……この里にそれを祀るための場所はないってことくらいかな……

198：メメメ・メメメ・メメメル
クロロベンゼンさんが殺られまくってる黒曜殿、少なくとも彼女クラスの実力がないと名を口にすることすら許されないようですね

199：クロロベンゼン
泣いていいか？

200：ぷろしゅうと
＞＞199
後にして～
琥珀様の目的は鬼神様らしいけど～
今のところ手がかりなしよね～
スクナちゃんの簪は何か関係あるのかしら～

201：あかみちゃん
わっかんにゃーい
あ、そろそろボス戦じゃない？

202：天道虫
お手並み拝見かな()

203：クロロベンゼン
今更何を拝見するんだってなw

―

405：ぷろしゅうと
新情報がなんてレベルじゃなかったわね～

406：オルゴン
俺たちとは完全に別ルートに乗ってるよな、あれ

407：クロロベンゼン
んなことよりおい……俺があんなに苦労してまだ習えてないレアスキルを……

408：天道虫
＞＞407
プギャー

409：メメメ・メメメ・メメメル
いやだからそれ自分にも刺さってるんじゃ……

410：AAAA
果ての森か。先の攻略に繫がらないからとあまり重視されていなかったが、軽視してもいられなくなったな

411：ぷろしゅうと
琥珀様のキャプチャがいっぱい取れて幸せだわ～

412：メメメ・メメメ・メメメル

それにしても……スクナさんはどこで鬼神様に会ったんでしょうね

413：クロロベンゼン
そればっかりは謎だな

414：ぷろしゅうと
考察班が来るには時間が早いし、かと言って最初の方からいた子たちもだいぶ落ちちゃったし、困ったわね～

415：メメメ・メメメ・メメメル
琥珀様の話から推察するに、少なくとも童子であれば干渉される可能性はあるわけですよね
スクナさんのレベルが我々より高いということはまだないでしょうからレベルではないとなると実績？　やはりネームドを単独討伐するくらいの実績が必要でしょうか……？

416：AAAA
それとも少し違う気がしたがね
何かきっかけがあったんじゃないか？
ほら、昨日はちょうど事件があったろう？

417：ぷろしゅうと
黒竜テロ事件～？

418：メメメ・メメメ・メメメル
そういえばぷろしゅうとさん、あの黒竜とスクナさんが戦ったんじゃないかって言ってましたね

419：海豚
一昨日のアーカイブでは確かに鬼灯の簪はしてないな……間違いなく昨日何かあったはず

420：スクナ
です

421：ぷろしゅうと
本スレで殺人姫と戦ってたって目撃情報があったってだけよ～
あくまでかもしれない、の話～

422：メメメ・メメメ・メメメル
うぇつ

423：海豚
……！

424：ＡＡＡＡ
さすがにたまげた

425：クロロベンゼン
おう……おう

426：ぷろしゅうと
うそ〜

427：天道虫
。ロ。

428：スクナ
はじめまして
スクナです
よろしくね

429：オルゴン
戻ってきたらめちゃくちゃ面白いことになってて草

＊＊＊

「で？」

「はい」

カーペットに正座して、二人きり。

リンちゃんの笑顔の圧力に、私はちょっと目を逸らしていた。

「別に怒ってるわけじゃないわよ」

「あ、そう？」

「話ついでに毛繕いしてあげるからこっち来なさい」

はたして毛繕いとは人が人にしてあげるものだっただろうか。

一瞬そう感じたものの、リンちゃんが笑顔で膝をポンポンと叩いているので仕方なく頭を預けることにした。

怒ってはいない。確かにリンちゃんは怒ってはいない。

でも、付き合いが長いからわかる。今、リンちゃんめちゃくちゃ不機嫌だ。

「相変わらず腹が立つほどサラサラね」

「リンちゃんだって」

「私のはそれなりに努力してるの。水と石鹸のナナと一緒にしないでよね」

し、失礼な。私だってちゃんとリンスインのシャンプー使ってるし。

「そういうとこよ、ほんとに」

「いてっ」

思っていることがバレたのか、ペシッと額にデコピンを打ち込まれた。

打ち付けたリンちゃんの方が痛そうにしてるけど、指摘したらこちょこちょが飛んでくるのでそれはしない。

リンちゃんは手先が器用だからか、くすぐりが超絶上手いのだ。

本格的に髪を弄りたくなったようで、リンちゃんは口を閉じて静かになった。私も髪の毛を梳《す》かれるのは気持ちいいので特に抵抗はしない。しばらくの間無言で髪を梳かれながら気持ちよさでとろけていたところで、不意にリンちゃんが爆弾を放り投げた。

「聞いたわよ、今日他の女に膝枕されてたんだって?」

「うぇっ」

穏やかな笑みを崩さないまま、私の髪の毛を優しげに弄りながらの発言に、私は思わず変な声を出してしまった。

なんて言い訳しようかあたふたしていると、そんな姿が面白かったのかクスリと笑ってリンちゃんは手を止めた。

「冗談よ。別にそんなことで怒ったりしないわ」

「び、びっくりしたぁ」

「浮気がバレた男みたいな反応ってこんなかしらね」

笑いながらそう言うリンちゃんにほっぺたをつんつんされながら、私は焦りでちょっと早くなった鼓動を落ち着かせた。

「ちょっとごめんね」

「ぬおっ」

膝枕されていた私は、不意に脇の下から持ち上げられて、リンちゃんの懐にポスリと収まった。

一週間ぶりくらいに感じるリンちゃんのお胸の柔らかさで後頭部がなかなか幸せなことになっている中、お腹に回された手がぎゅうっと締め付けられる。

「むふふー」

「リンちゃん？」

「えへへ、今日は街ひとつ進めたんでしょ？　いいペースじゃないの」

うーん、なんだか妙なテンションだ。さっきまでは確かに不機嫌だったのに、今はご機嫌になっている。

浮き沈みが激しいというか、お酒の匂いはしないから酔っているわけじゃないみたいだけど……。

「明日明後日、用事があって家を空けるの。クロクロ関係で呼ばれてるから。だから今のうちにナナ成分を吸収しておくの」

ああ、なるほど。つまり今、リンちゃんは甘えん坊モードなんだ。テンションがおかしいのはそのせいだろう。

こういうとこ、他人には絶対見せないからね。家族と私の前くらいだと思う。そもそもが末っ子だから、リンちゃんって実はめちゃくちゃ甘えん坊だし甘え上手なんだ。

それはそれとして不機嫌な理由は、やっぱり私が琥珀に膝枕されているのがよっぽど嫌だったんだと思う。

それこそ激おこって言ってもいいくらいの苛立ちを、別の方向に変換しただけ。

消化してあげないとしばらく不機嫌は直らない。中学の頃、二週間くらい口を聞いてくれなかったことがあったから間違いない。

上手く見えないけど、手を上にあげて頭を撫でてあげれば「えへぇ」というあまりにも気の抜けた声が聞こえてくる。ダメだこりゃ。

あっ、ちょっ、テンション上がったからってお腹擽《くすぐ》ってくるのやめて！

「ふぅ、ふぅ……そういえばクロクロって、リンちゃんが昔やってたアレ？」

十分程擽られたあと解放された私は、今更恥ずかしくなったのか少し顔を赤らめているリンちゃんにさっきの話の続きを聞いていた。

「そうよ。新作とかじゃなくて、普通にＲＴＡイベントがあってね。世界記録保持者として招待されてるのよ」

「ほへぇ。なつかしいなぁ、クロクロ。私はやってないけど」

「ひとり用ゲームだものねぇ」

クロクロ。それは私にとってと言うよりは、リンちゃんにとって最も印象的であろう、一本のゲームタイトルの略称。

リンちゃんが伝説とまで言われたとある偉業を成し遂げた、思い出深いソフトの名前だった。


プロゲーマー・リンネ。

彼女こそはプロゲーミングチーム《ＨＥＲＯＥＳ》における絶対的なエースであり、あらゆるゲームジャンルに精通するスーパーゲーマーである。

そんな、プレイヤーでもあり広告塔でもある彼女が最初に名前を売ったのは、実は華々しいゲームの大会などではなく、とあるゲームのＲＴＡ、リアルタイムアタックと呼ばれるプレイの配信だった。

《Ｃｌｏｃｋ Ｌｏｃｋ − Ａｃｔｏｒｓ ―時忘れの英雄―》。

それは発売されて数年以上経った今でもなお、史上最大のオープンワールドと呼ばれるアクションゲームの名前である。

何が史上最大なのか。

それは単純かつ明快な話で、その圧倒的なフィールドの広さである。

オープンワールドのゲームらしく、ラスボスに直行して最短で倒せる設計でありながら、最短の距離を最速で駆け抜けて三時間はかかる。

物理的に遠すぎて、チュートリアルを含めてひたすら移動するのに二時間半以上かかるのだ。

ラスボス戦が消化試合とまで呼ばれる様は圧巻で、プレイヤースキルの見せどころはバグや裏技を駆使した移動そのものにある。

地図の縦横比が従来のオープンワールドの五倍の広さを持つとまで言われ、十年以上かけて練り上げたと謳《うた》っているストーリーを隙間なく配置したその圧倒的な密度から、その平均クリア時間は三百時間を超えたという。

リンちゃんが名前を売ったのは、そのゲームのＲＴＡの中でも最も困難であるとされたとあるレギュレーション。

全てのやりこみ要素を回収して完全クリアを目指す、１００％ＲＴＡというものだった。

ＲＴＡのレギュレーションが優しくなっている昨今においてなお、最も時間がかかるＲＴＡであると言われる所以は、あまりにも圧倒的な物量からなるゲーム時間……ではなく。

睡眠によるタイマーストップの禁止というルールにあった。

寝てもいいし、休んだって構わない。ただ、その間のタイマーはストップしない。たったそれだけのルールの存在によって、このＲＴＡは地獄絵図となった。

初めてこのレギュレーションに参加したカナダ人プレイヤーのひとりは、百六十八時間かけてクリアし、その記録を公式に認められた。丸々一週間かかっているが、四十時間ほどが睡眠だったという。

当時中学生だったリンちゃんがこのレギュレーションをクリアするのにかかった時間は、七十九時間二十二分三十七秒。

一睡もせず、ほとんど食事もとらず、当時中学生だったリンちゃんはこの記録を打ち立て、それから今に至るまで一度だってこの記録が抜かれたことはない――らしい。さっき確認を取った。

現時点で二位の九十五時間、三位の九十七時間と比しても圧倒的なタイムと言えるだろう。

ちなみにリンちゃんはRTAの終了後に丸三日寝込んだ。

クロクロRTAにおける絶対王者。それがリンちゃんのプロゲーマーとしての原点。

爆発的な拡散ではなく、むしろコアでマイナーな始まりだった。

しかしリンちゃんはそれを踏み台に、時間と伝手を利用してその名前を世界に轟かせた。

もちろんリンちゃんのプレイ技術あってのことだけど、それ以上に実家のコネを使ったのも大きかったと思う。

今や押しも押されもせぬトップゲーマーのリンちゃんだけど、その始まりは間違いなくクロクロだったのだ。

たぶん、今回呼ばれたイベントも規模としては小さいものなんだと思う。少なくとも巨大なゲームの祭典とかではないはずだ。

それでも泊まりがけでゲストとして参加するのは、リンちゃんにとってもあのゲームが大切なものだからだろう。

「ちなみにクロクロの制作陣はＷＬＯの制作にも関わってるのよ」

「へぇー」

「ま、トップのひとりだけなんだけどね。明日会ってくるわ」

それは制作陣が関わっていると言ってもいいのだろうか……。

ていうか、シレッと今会ってくるって言ってたよね。知り合いですか。そうですか。

ちなみにクロクロは全世界二百万本という、シリーズ物ではない作品としてはなかなかのヒットを飛ばしてはいるものの、あまりの物量に購入者の半分もクリアできなかったとか言われている。

低評価の理由で最多なのが「プレイ時間がかかりすぎる」である辺り、クオリティは申し分なかった。忙しい現代人にはなかなか触る時間が取れなかっただけで。

実況動画を見ようにもパート三百とか軽く超えるらしいからね。

「むしろ三百じゃ中盤くらいよ」

とはリンちゃんの談である。

久しぶりに思い出したなぁと懐かしい気分に浸っていた私は、ふととある偶然に気がついた。

「そう言えば……ＷＬＯにクロクロと同じ名前のキャラいたよね」

「登場人物が多すぎてかぶっても不思議はないけど……いたかしら？」

「うん、間違いないと思う」

クロクロにおける脇役、というよりはメインストーリーに一切関わらないそのキャラは、なぜだかわからないけどとても強く私の記憶に残っていた。

「《メルティ・ブラッドハート》。始まりにして終わりの吸血鬼、だったかな」

それは、琥珀から伝え聞いた世界で唯一の名持ち単独討伐者。

最強の吸血種NPC、《天眼のメルティ》。なんとなく、私はこのふたつの存在のつながりが気になって仕方がなかった。

＊＊＊

「それじゃ、行ってくるわ」

「行ってらっしゃい」

マンションのエントランスホールで勢いのあるハグを優しく受け止めて、私はリンちゃんを送り出した。

すぐそこに装甲車みたいな車が止まっているけど、あれは多分リンちゃんのお父さんが何億とか使って作らせた装甲車そのものだろうなぁ。

乗り込むのを見届けるまで手を振って、車が見えなくなってから踵《きびす》を返す。

さあ、今日明日とやるべきことは決まっている。

継続的な課題はリンちゃんに追いつくことだけど、昨日鬼人族プレイヤーと交流した中で、いくつか大切であろう情報を貰うことができた。

例えば鬼人の里の場所とかね。レアスキルについての考察もためになったし。定期的に行く……とまでは行かないけど、掲示板も眺めている分には面白そうだった。

＊＊＊

四方に揺らぐ境界と、大きな社と境内《けいだい》と。

ログインした私は、どうも再び酒呑童子と出会った幽世に拉致されたようだった。うーんこの強制感。

「琥珀に出会ったようだな」

にやけ顔で現れた酒呑は、初めて出会った時の格好のまま。つまり、あの時のお腹が欠損した私のアバターをそのまま流用していた。

「なんで怪我治さないの？」

「仕方なかろう。封印された状態で写身をつくるのだって結構大変なのだぞ。一度作ったものを再利用する方が効率がよい。エコというやつだ」

人の身体を道具みたいに扱いよる。

え、じゃあ私、これから酒呑に拉致される度にボロボロな自分の姿を拝むハメになるの……？

「嫌なら早く私の封印を解くことだな」

「封印ねぇ……。酒呑が童子にしか干渉できないのって本当？」

「相違ない。そも、この幽世から現世に干渉するのは本来不可能なのだ。職業という抜け道を使って、かろうじて私は現世に干渉しているわけだな」

その割には、私を拉致するくらいのことはできるみたいだけど。

まあ酒呑自身が童子という存在のてっぺんにいる以上、そこに限ってはいちいち口を挟むことではないいんだろう。

「というか、酒呑は琥珀のこと知ってるんだね。干渉できないって話を聞いたから、てっきり童子を通して世界を覗《のぞ》いてるくらいのイメージだった」

「時折世界を眺めるくらいの自由はある。逆に、そのせいで干渉できないよう鬼人族に細工をされたのも確かだがな」

「知力に1ポイントだけステータスポイントを振るってやつ?」

「そうだ。全く気に食わん。琥珀は私以上に才ある鬼人族だったというのに……」

本当に忌々しそうな顔をして、酒呑は手元の扇子《せんす》を閉じた。

うん、琥珀の話を聞いていてやけに神格化されているなぁとは思っていたけど、やっぱり琥珀の筋力値って常軌を逸しているんだろう。

多分琥珀の筋力値に限って言えば、決して酒呑に劣るものではないと思うんだよね。

だって童子は「物理技能」に特化した職業であって、決して筋力に特化した職業ではないんだから。

まあ、それでも総合的に見てという条件なら、酒呑の足元にも及ばないという琥珀の主張も決して間違いではないいんだろうけど。

それに、細工をされる羽目になったのはそもそも世界を覗いてるからでは? と考えると自業自得な気もする。

いや、でも覗けるようになっていたら覗いちゃうよなぁ。それはそうと、と前置きして、酒呑は私に座るように促す。

大きな杯に何やら酒のようなものをなみなみと注いでから、彼女もゆるりと地面に座った。

「ぷはぁ……それで、スクナよ。琥珀の《終式《ついしき》》は見せてもらったのか？」

「ついしき？」

「《鬼の舞》の奥義だよ。なんだ、聞いていないのか？」

「うん、知らない」

こう書くのだと言って、酒呑は地面に酒で「終式」という文字を書いた。

字面から露骨に伝わってくる奥義感。なんなら命をかけて放ちそうなイメージすらある。

「スクナは鬼の舞をどのように説明された？」

「五つの舞から成る、己を鼓舞するスキルである、って感じ」

「間違いではないな。しかし琥珀のやつ、要《かなめ》の部分を説明しておらん」

そう言うと、酒呑は少し残念そうにため息をついた。

《鬼の舞》は鬼人族専用のスキルで、そのスキル内容は「自己強化」に特化している。

一定筋力値を超えることで習得していく五つの舞を全て覚えると、無双の力が手に入ると琥珀は言っていた。

単純な効果だけを見れば、餓狼スキルと似たようなものだった。

「よいか、スクナ。鬼の舞は《終式》を放つためだけにあると言っても過言ではない。どのような形で芽生えるかはその鬼次第ではあるが……全て必殺の切り札となりうる奥義だ。琥珀が《破城》と呼ばれる所以も、私が《鬼神》と呼ばれた所以も、突き詰めればこれにあるのだからな」

少し熱の入った解説に、ぞわりと背筋が粟立《あわだ》つ。

と、言うことは。

城を破壊するくらいの火力を有する一撃必殺の奥義とかが芽生える可能性もあるってことだ。

「師である琥珀が何も言っていないのであれば、琥珀の終式に関しては私も口を噤《つぐ》むとしよう。いずれ必ず見る機会が来る」

「自分から話振ってきたのに……」

「ふはははは！」

私がジト目で見つめると、酒呑は笑って酒を飲むことで誤魔化した。せっかくここに来られたんだし、聞きたいことはまだ幾つかあるんだけど。

時間がどれだけ残されているのか定かではないし、できる質問はしてしまおう。

「酒呑、レクイエムって知ってる？」

「鎮魂歌のことだろう？」

「……」

「じ、冗談だ。七星王の一角、天枢のレクイエムのことだろう？　もちろん知っているとも」

しちせいおう。また新しい言葉が出てきたなぁ……。

「アリアを倒した以上、ロンド、そしてファンタジアとの戦いは避けられんだろう。既にマーキングされていると言っても良い。まあ、強者との戦いを楽しめるお主であれば心配は要らなかろうが……」

「今言ったロンドとファンタジアって言うのが、黒いのと白いのだよね？」

「うむ。どちらもひとりで戦うことは勧められん。特に白狼ファンタジアに関しては、そもそもお主ひとりでは絶対に倒せぬ理由がある」

黒い方がロンド、白い方がファンタジアと。

琥珀から昨日説明を受けた石像の黒狼、幻想の白狼の二体について、ここで説明を聞けたのは大きいな。

昨日掲示板で、第六の街からそう遠くないところに黒狼らしき存在がいるらしいって情報を聞いたから、場合によっては白狼を探すだけで済むと言えば済むのかもしれない。

情報自体は第五の街で手に入るらしいから、そこまで行けたら改めて聞いてみたい。

しかしひとりでは「絶対に」倒せないってどういうことだろう。

何か、誰かと同時にやらなきゃならないことがあるのか、はたまた純粋に圧倒的な質量を持つ化物だったりするのか。

とりあえず酒呑の忠告は心の片隅に置いておけばいい。どの道リンちゃんと合流すれば一人で戦う必要もそれほどはないんだから。

「七星王の話ついでだ。よく聞け、スクナ」

私が酒呑の話の内容を噛み砕こうと唸っていると、彼女は杯を地面に置いて、真剣な表情で話し始める。

「止まっていた始まりの地が稼働し、世界が胎動を始めている。名持ちのモンスターたちも世界を闊歩し、停滞は既に解けている。お主の手によってあまりにも早く七星王の写身が倒され、奴らも徐々に動き出し始めてしまった。時間はあるが、もはや流れは止まることなく進んでいくはずだ」

ちょ、ちょっと待って。世界観の設定欲張りセットだよねそれ⁉

えーと、始まりの地の稼働って言うのは多分プレイヤーを召喚する的な機能で、世界の胎動はサービス開始で、ネームドモンスターで、アリアを私が……ぐふっ。

「私から導《しるべ》を示しておいてなんだが、私の封印を解くことにあまり注力しすぎるな。今、お主が第一に考えねばならぬことは、己の力を高め続けることだ。お主や他の童子を含めた全ての鬼人族が力を付けることが、結果として私の封印を解く一助になる」

酒呑の言葉は、私にとっては容易に頷いていいものか判断の付けづらい内容だった。

「でも、琥珀とも約束したし……」

「お主の気持ちもわからんではない。しかしな、この機が来るまでに奴が何十年耐え忍んだと思う？　今更少し待たされたところで気にせんよ。むしろ、お主に鬼の舞を教えようとしている時点で、奴も私と同じ考えのはずだ」

ぬう、そう言われると確かにと思ってしまう。

濃密な時間を過ごしているから勘違いしそうだけど、このゲームを始めてまだ一週間くらいだ。

酒呑とのクエスト、そして琥珀のクエスト。どちらも恐らくは三ケタレベルに乗ってようやくスタートラインという、そのくらいの難易度のクエストのはず。

前回ここに来た時に聞いた《童子》の先にある領域のこともあるし、どの道まずはレベルを上げてスキルを強化する必要がある。

それに、これはゲームだ。少し特別な目標があるからって、他の楽しめそうな要素をふいにするのはもったいない。

楽しんで成長していれば、自然と二人との約束に近づける。

自分の焦りを自覚すると、酒呑の言葉がストンと胸に落ち着いたような気がした。

「ふ、良い目になったな。しばらく見られないと思うと残念だが……」

「え？」

「お主らに干渉するのに、短期間で力を使い過ぎた。故に、少し力を溜める必要がある」

「ああ、そうなんだ」

わざわざ口にするってことは、だ。

そろそろ時間になるってことなんだろう。

そう思った瞬間、私と酒呑と、そして境内の全てが解けて光の粒子に変わり始めた。

「時間だ」

「うん。次はいつ会えるかな」

「さて、いつになるやら。ふふ、今のお前には琥珀もいるし、今更私の助言など要らないだろうさ。

「……ああ、最後に伝えておくことがあったな」

お互いほとんど消えている中で、最後に一言、酒呑は何かを言い残そうとしていた。

「琥珀に、会うのを楽しみにしていると伝えておいてくれ」

「あはは、了解。またね」

それ以上何か言葉を発することなく。

幽世は解けて、光の粒子になって消えていった。

＊＊＊

「んーーーっ……ふへぇ……」

昨日ログアウトしたトリリアの宿にスポーンした私は、ぐっと体を伸ばしてから今日の予定を確認する。

今日は正午から琥珀と手合わせをする約束をしていて、早めにログインしたつもりだったけど、酒呑に拉致されたせいで少し予定がズレてしまったからだ。

メニューを開いて時間を確認しようとすると、表示されている時間から違和感を感じる。

「ん？　あれ？　時間が進んでないような……？」

ログインした時間と、現在時刻のズレがほとんどないのだ。

少なくとも五分は絶対にいたと思うんだけど……ログイン時間の方を見間違えたかな？

「ま、いっか。えーと、トリリア中心部にある水上闘技場だっけ」

琥珀から渡されたチケットを手に、私は宿を抜け出す。

彼女に指定された場所は、トリリアにおけるちょっとした興行施設。通称、水上闘技場だ。

週一回ペースで闘技大会が開かれていて、プレイヤーもお金を払えば参加できる他、普段は対モンスターのいわゆる公営ギャンブルを行っているらしい。

そして、水上闘技場にはミニ闘技場が併設されていて、トレーニングスペースとして開放されている。

そのトレーニングスペースはNPCから教練のクエストを受けた時などに使うらしい。NPCの冒険者などが修練したりしていて、結構いいトレーニングになるんだとか。

当然、私が呼び出された理由もそれである。

「今日も一日頑張ろー」

『わこ』

『わここ』

『わこここ』

「三段活用か何か？」

とりあえずと言わんばかりに始めた配信に早速ついたコメントの連携具合に苦笑する。

昨日は琥珀との兼ね合いがあってほとんど垂れ流しみたいな配信になってしまった。

それはそれでありなんだろうけど、この後も琥珀と会うことを考えると少しくらいリスナーと接してもいいだろう。

「まだ少し時間あるなぁ……」


『今日は何するん？』

『すげーヴェネツィアみたい』

『ひぇっ、水路の水深深い……深くない？』

『水綺麗だな』


「確かに深いかも。あ、水竜見えるよ」

水の都であるトリリアの街並みを楽しみながら、私は闘技場への道を歩いていた。

湖上都市という名の通り、このトリリアは湖のど真ん中に位置しているんだけど、どうやって建築したらこんな風に街が作れるんだろう？

街中を水路が走っていて、下手に歩き回るよりはタクシーのような感覚で小舟に乗った方が快適に移動できそうな感じ。

私の目的地はわかりやすいから乗っていないけど、帰りは乗った方が楽かもしれない。

「そこの嬢ちゃん！　見ねぇ顔だな！」

きょろきょろしながら歩いていると、道沿いの屋台のおっちゃんに声をかけられた。

「昨日着いたばっかりなので」

「ほう、そんじゃあトリリア名物の水竜饅頭はまだ食べてねぇだろ。せっかくだしひとつどうだ？」

「商魂たくましいな……じゃあ二つお願い」

「毎度！」

５００イリス払って、大きな饅頭を二つ……いやでかいでかいなんだこれ⁉

直径三十センチ、高さ六センチってところかな。二つ袋に入っていると結構かさばる。


『でっか』

『でかい』

『ビッグ』

『サイズ感おかしくない？』


リスナーもまた私と同じ感想を抱いていたようで、思わず露店の見本を見る。うん、普通のまんじゅうに見えるな。

琥珀の分も……と思って買っちゃったけど、これ琥珀は食べるかなぁ。

微妙な顔をして受け取った私は、店主に笑い飛ばされながら先に進む。

大は小を兼ねるとか言うけど、流石に三十センチ大の饅頭は兼ねるも何もなさすぎる。

「あ、美味しい」

『どんな味？』

『水っぽそう』

『トロトロしてそう』

「いや、ただの饅頭」

『ちぇっ』

『ちぇっ』

『けっ』

リスナーの反応が辛辣《しんらつ》すぎる。

ただ純粋にバカでかいだけの饅頭だけど、だからこそ普通に美味しかった。

水竜饅頭とは……？

その後も魚の串焼きを食べたり、それを水路から飛び出してきた水竜の子供に奪い取られたりしながら、私はなんだかんだで観光を楽しんだのだった。

「やあ、早かったね」

「いや、琥珀こそ早すぎじゃない？」

「楽しみすぎてね、二時間くらい前から待ってたんだ」

水上闘技場に併設されたトレーニングスペース。もはやもうひとつの闘技場と言っても相違なさそうな広々とした修練場で、琥珀は笑いながらそう言った。

まだ正午から一時間くらい前である。今から二時間前ってまだ朝の九時くらいだよ？

周囲では修練に励むＮＰＣやプレイヤーがいて、アーツの練習をしたりスキル習得の訓練をしたりとそこそこ活気に溢れている。

そして、一部のＮＰＣは有名人である琥珀の存在が気になるのか、ただ立っているだけなのに注目を集めてしまっていた。

「これ、水竜饅頭。ひとつあげるよ」

「おお、懐かしいなぁ。コスパがいいから、若い頃よく食べてたよ。……うん、美味しいね」

「思ったより大きくてびっくりしたよ」

私はここに来る前に食べ切ってしまった水竜饅頭だけど、琥珀は嬉しそうにそれを受け取るとあっという間に食べてしまった。

さては結構大食いだな？

「ありがとう、美味しかったよ」

「どういたしまして。で、今日は何をするの？」

「その前に、昨日教えた舞けちゃんと覚えているかい？」

「《羅刹《らせつ》の舞》と《諸刃の舞》だよね」

「うん、よく覚えていたね」

レアスキル《鬼の舞》。《一式・羅刹の舞》。そして《二式・諸刃の舞》。どちらも使い勝手がよく、鬼人族としてはほとんどデメリットなく使えるアーツである。羅刹の舞は魔攻ステータスを0にする代わりに、物理技能へのバフをかけてくれるシンプルなアーツだ。

筋力値が100に達すると覚えられるけど、逆に言えば100に満たなければ鬼の舞自体が習得できないということでもある。

倍率はそこそこ高くて二割増。デメリットらしいデメリットもない。強いて言うなら一回一分という効果時間の短さと、十分しないと再使用できないことくらいかな。諸刃の舞に関しては、名前から想像できる通り防御を捨てるアーツである。

魔防に加え頑丈の数値を0に落とし、更に防具の防御力補正を無くす代わりに、筋力と敏捷に高いバフをかける。

その倍率は筋力に二倍、敏捷は一・五倍という凄まじい数値だけど、頑丈が0になるという都合上、反動ダメージを受ける技の使用に著しく制限がかかる。

例えばそう、《素手格闘》で使った《十重桜》のようなアーツは自身の頑丈に比例して反動ダメージを軽減するから、頑丈が無くなると自分のHPが一瞬で溶けてしまうわけだ。

もちろん、耐久を全て失うわけだから、敵からの攻撃も全てが致命的だ。まさしく諸刃の剣と言っていいだろう。

そして効果時間が五分ある上に、何よりも強力な点として、これの効果は羅刹の舞や《餓狼》の効果と相乗する。

つまり、私は瞬間的に三倍以上の筋力値を手に入れることができる状態にあるわけだ。ついでに敏捷も二倍を超えるよ。

ちなみにこれらの効果が相乗するのは《餓狼》側の効果みたい。

ここら辺は多分、スキルに含まれるアーツでしかない諸刃の舞と、そのものがレアスキルである餓狼の違いなんだろうけど。

一見すると効果の割にデメリットが重たい、諸刃の舞の下位互換のように思えるこのスキルは、全てのバフに対して掛け算で倍率を乗せられるという極めて強力な効果を持っていた。

基本的に二倍のバフと三倍のバフなら＋１００％と＋２００％を足して＋３００％の四倍とかになるところを、掛けて六倍にできると言えば、その利点は明白だろう。

習得に必要な筋力値は１５０で、クールタイムは一時間。羅刹の舞に比べれば乱発はできないまでも、餓狼に比べれば軽いアーツであることは間違いなかった。

「昨日は教えるだけで終わってしまったから、鬼の舞の使い勝手を試せなかったろう？　だから、今日はそれを試させてあげようと思ってね」

琥珀はそう言うと、トレーニングスペースの端にいるＮＰＣのひとりに合図を送る。

少しすると、トレーニングスペースに散らばっていた他のプレイヤーやらＮＰＣたちがゾロゾロと出ていってしまい、円形のミニ闘技場のようなこの場には私と琥珀だけが残った。

「少しだけ融通を利かせてもらってね。お金を払って、少しだけここを使えるようにしてもらったんだ」

「何かモンスターとかと戦うの？」

人払いをしたのが琥珀の仕業だと聞いた私は、隣の闘技場でも行われている対モンスター戦の練習をするのかと思って質問をぶつける。

琥珀はそれを聞いて微笑むと、きっぱりと首を横に振った。

「いいや、スクナがこれから戦うのはモンスターなんかじゃないさ」

「へ？」

「君は強い。才能もずば抜けている。戦闘における才能に関しては、鬼人族最強と言われた私ですら霞んで見えるほどだ。だからこそ、君には教えてあげなければならないと思う」

琥珀は軽い調子で跳躍してトレーニングスペースの中央に着地すると、緩やかに構えを取った。

そこまで見せられて、語られて、理解できないほど私も馬鹿ではない。

模擬戦。それをしようと、琥珀はわざわざこのトレーニングスペースを時間限定で貸しきったわけだ。

そう理解した私は両腕のヘビメタ・ガントレットを軽く打ち鳴らして、集中力のスイッチを入れた。

円形のフィールドの中央で、私と琥珀は互いに構えを取った。

琥珀が目を閉じて、そして開く。

その瞬間、このトレーニングスペース全体にぞわりとプレッシャーが吹き荒れる。

「全力でおいで。その悉《ことごと》くを捩《ね》じ伏せてあげよう」

微笑む、鬼人の姫を前に。

ただ一人の鬼人に対して、私は巨獣の前にいるようなゾッとするほど大きな存在感を感じていた。

「最初の五分、私から攻撃するのはなしにしよう」

赤狼とも違う、真竜とも違う。

同じ鬼人族であるということ。

最も近しいが故に、はっきりとわかる。

私と琥珀の間に広がる絶対的なステータスの差が。

練り上げてきた経験の差が。

感じる圧力はまるで巨大な山のようだった。

「まずは好きなように攻撃しておいで。スキルやアーツの使用は自由にするといい」

「……うん！」

緩やかに語る琥珀のおかげでほんの少し余裕ができた私は、スキルとアーツの使用は選ばずに単身で駆け込んだ。

互いに素手、と言うには私の拳にはごつい武器がついているけれど、格闘による戦闘であることに変わりはない。

身長差があるからリーチでは負けている。

なら、とりあえず懐に潜りこんでみよう。

重視するのは手数と速さ。全てのステータスで負けているのは明らかだけど、彼女のステータスが筋力に特化している都合上、一番差がないのは敏捷だからだ。

そして、私はネームド装備のおかげでSPが実質二倍ある。どの道息切れ覚悟で突っ走るしかないのだ。

「せいっ！」

「ふふふっ」

あえて私を懐に招き入れたのだろう。あまりにもあっさりと実現した近接戦インファイトだったが、琥珀は私が繰り出す乱打を涼しい顔で受け流す。

反撃がないとわかっている以上、ロウと戦った時とは違い強打も交えた連撃を中心に責めたてる。

受け流されていると言っても、全ての攻撃が当たらないわけじゃない。

出の速いジャブのような攻撃はちょこちょこ入っているはずなんだけど、琥珀のＨＰは微動だにしなかった。

理由は単純。彼女の頑丈を、防御力を、私の攻撃力で突破できていないだけだ。

鬼人族は鬼人族であるというだけで強靭な物理ステータスを得られる。仮にひとつのステータスに特化していようとも、レベルさえ上げれば他の種族の比にならないくらい強力な物理ステータスを得られるのだ。

琥珀のレベルが幾つなのか私は知らないけれど、対面して感じた印象をそのままレベルに換算するなら最低三ケタ。場合によっては２００を超えているんじゃないかというのが私の予想だ。私とはダブルスコアどころか、六、七倍のレベル差がある計算だ。

そして、琥珀の戦闘スタイルも、私とは少し相性が悪い。

敏捷と動体視力と反射とSPを組み合わせて回避とカウンターに寄せた私と違い、彼女は攻撃を受けることを躊躇《ためら》わない。

見える攻撃の中で重そうなものだけを丁寧に捌《さば》いて、そうでないものは受けても気にしない。

多分捌こうと思えば捌けるんだろうけど、彼女はその分のキャパシティを割くことを嫌って、高いステータスで受けることを選んだのだ。

まるで山を殴っているような、どうしようもなく大きな力量差。これはもう加減とか様子見とか、そんな段階で物を考えている時間が無駄な気がする。

二分ほど力を測るように攻め続けた私はそう判断して、一度バックステップで距離を取る。

攻撃をしないと決めた以上、琥珀は当然追ってこない。

私は左脚を前に出して、胸の前で両手を打ち鳴らした。

鬼の舞はそれぞれのアーツに固有のモーションや《餓狼》のような起動の台詞を持たない代わりに、自分で発動のためのモーションを登録する必要がある。

それをどんな型にするかは使用者の自由だ。ただし、鬼人の里の慣例では、大抵の場合は師の型をそのまま受け継ぐらしい。

私も琥珀の型を見せてもらってから、素直に継がせてもらうことにした。

琥珀の鬼の舞は、全ての発動モーションで「拍手」という動きを基準に持っている。

それに加えて足の開き方、手の角度、そういった体勢の変化で五種類の舞の型を管理しているそうだ。

昨日はその五つの型を覚えるために、かなりの時間を費やした。一度定めた型はかなり厳密に再現しないとアーツの発動に至らないからだ。

《鬼の舞》スキルが本当の意味で「舞」であった時代に、それをより実戦的に扱いやすく自由な形に変化させたのは酒呑の功績。

それでも多少の制限がかかってしまうのは、スキルそのものの効果の高さを考えると仕方がないことと言えるだろう。元々一対一の戦いでもなければ、有って無いような制限だしね。

発動したのは《二式・諸刃の舞》。

跳ね上がる筋力と敏捷が高揚感を与えてくれるけど、同時に身の守りが全て無くなったことで寒々しさを感じる。

目の前には紛れもなく「最強」のパワーを持つ存在がいて。

私は諸刃の舞の効果で、頑丈どころか防具の防御力さえも失っている。

琥珀が無抵抗でいてくれる時間はもう三分とない。様子見は終わりだと言わんばかりに、私は爆ぜるような踏み込みで拳を放った。

それを掌で受け止めようとする琥珀に対して、私は拳が到達する直前に手を開き、琥珀の指を絡めとる。

受け止められて衝撃が殺されるのとは違う。

私は掴んだ手を基点にして、互いの体を引き寄せるようにもう一歩踏み込んで掌底《しょうてい》を叩き込んだ。

「おおっ」

琥珀の反応は「ちょっとビックリ」って感じだったものの、今日初めて入ったクリーンヒットはバフの効果も相まってようやく琥珀のＨＰを削ることに成功している。

削れたＨＰはほんの僅かだけど、少なくとも筋力が３００を超えてかつ武器を装備すれば、琥珀の防御は貫けるってことがわかった。

さらに追撃を加えようと腕を引き絞ろうとすると、先程の掴み取った方の手が琥珀によってがっちりと固定されてしまっていた。

「ぐっ……ふんぬぉわぁっ⁉」

思いっきり引き抜こうとしたら手を離されて、私は変な声を出しながら尻もちをつきそうになるのをこらえた。

ほんの少し生まれた空白の時間。琥珀はそれを見計らって言葉を発した。

「諸刃の舞は初めて使うと上手く制御できないものなんだけど……ああ、そういえば君にはもうひとつ、似たようなスキルがあるんだったね」

素直に驚いたというような反応を見せる琥珀に対して、私はやっぱりバレていたんだなと思った。

隠していたわけでもないんだけど、昨日スキルを教えてもらった時点で、私がもうひとつバフスキルを持っていることは琥珀にはバレていたのだろう。

というより、琥珀は私とロウとの戦いも、アポカリプスとの戦いも見ていたらしいから。

正確には一昨日の時点で何かしらのスキルを持ってるのはバレていたんだとは思う。

返事をしつつ、再び前に。

時間が惜しいから、必死に手足を動かしていく。

「昨日使っちゃったからっ、今日は使えないけどねっ！」

「一日単位で制限があるスキルは珍しいね。そこまで強力な効果には見えなかったけど……」

私の攻撃をさっきまでに比べれば真剣に防ぎつつ、琥珀は余裕ある表情でそう言った。

うん、私もね。昨日諸刃の舞を覚えた時に一瞬そう思ったよ。

結果として見れば餓狼の新しい効果を発見できたから、全くの無意味ではなかったけど。

会話をしながらも手は止めない。不意打ち上等の汚い戦法を恥じることなくぶつけていく。

しかし残念なことに、不意打ちのほとんどは無理な体勢から打つせいで威力が足りなくて、琥珀は躱してもくれない。

「君は本当に、どこからでも手が出てくるね」

「取り柄っ！　だからね！」

ステータスの暴力が憎い。筋力は二倍になっているはずなのに、当てても当ててもビクともしないんですけど。

「ほらほら、あと二分だよ」

「ぬあああああ!!」

煽るように時間を伝えてくる琥珀に、やけくそ混じりの突貫を続ける私。

後で自分の配信のアーカイブを見ていて思ったけど、ミニ闘技場というフィールドの見た目も相まって、闘牛でもしているのかなと言いたくなるような光景が展開されていた。

ちなみに。

私の攻撃を捌いている間。

何が楽しいのか、琥珀はずーっと満面の笑みを浮かべていた。

ちくしょうめ！

＊＊＊

五分間のボーナスタイムが終わって、結局私は琥珀の防御を突破できずにSPを切らしてしまった。

「リジェネはずるい……ずるい……」

「あっはっはっは！　いやーごめんごめん、私も忘れてた」

恨めしそうな目で琥珀を見ながらSP切れで倒れ伏す私とは対照的に、琥珀は大いに笑ってそう言った。

いや、琥珀ずるいんだって。リジェネ効果のあるパッシブスキルを持っているのを隠していたんだよ？　削る度にHP回復されていたらただでさえ足りない火力が目も当てられないことになっちゃう。

そうやってブーブー文句を垂れる私とは対照的に、琥珀はとても機嫌がいい。

何がそんなに楽しいのか、その機嫌の良さたるやこれまで見たことがないほどだ。

まあ私と琥珀の付き合いはまだ二日なんだけどね。短いな。

「うへぇ……やっと回復した。SP切れの感覚は慣れないなぁ……」

「まあ、気持ちのいいものでないことは確かだね。私も若い頃はよくそうなってたよ」

「永遠の課題だ……」

レベルを上げるほどSPは増えるけど、強くなればなるほど使えるアーツは増えて、結局消費SPはトントンになってしまう。

だから、基本的なアーツこそ使いこなせるようにならなきゃいけない。

《打撃武器》スキルの《叩きつけ》みたいな技は、シンプルな威力を持つ割に消費SPは非常に少なかったりするからね。

とはいえ私の場合は動きすぎな感じもする。せっかく二倍SPがあるとは言っても、無限にあるわけじゃないからもう少しコスパのいい攻め方を考えたいな。


「よし、じゃあ次は私の番だ。スクナはここで立ってて」

「うん、わかった」

琥珀はそう言うと、数十メートルくらい距離を取った。

「まっすぐ突っ込んで殴るから、上手く避けて！」

「おっけー！」

遠くから大きな声で話す琥珀に合わせて、私も大きな声で返事をする。

テレフォンパンチなんてレベルじゃない。いやむしろこれこそテレフォンパンチって言うべきなのかな？

琥珀はこれから何をするのかしっかり伝えると、ゆったりと構えを取った。

「う、おっ」

琥珀は決して本気ではないし、これっぽっちも私を倒そうという気は出してないと思う。

それでも、琥珀が構えた瞬間に背筋が凍るような寒気がした。

集中、集中、集中だ。

今から私が相手をするのは、気さくな鬼人族の琥珀じゃない。

個人で対城クラスの火力を持った、世界最強のパワーを有する化け物なのだから。

「っ！」

油断はしていなかった。集中力も今できる範囲では最大まで高めた。

それでも、私はいつの間にか目の前にいた琥珀の存在にほとんど反応することさえできなかった。

私と琥珀との間に広がる距離は数十メートルあった。

アリアとの戦いですら、これだけの距離があれば動きを予測するくらいはできたのに。

ほんの一瞬。かろうじて捉えた予備動作から、ほとんど勘だけで、瞬きと同じ速度で私の懐に潜り込んでいた琥珀の攻撃を全力の横飛びで回避する。

音と衝撃は遅れてやってきた。無理に跳んだせいで体勢の崩れた私は、琥珀を中心に吹き荒れる暴圧に耐えかねて闘技場の端まで吹き飛ばされた。

空中で何とか体勢を整えて、既に追撃の姿勢に入っている琥珀の攻撃を闘技場の壁を蹴ることで再度回避する。

私が回避したことで闘技場の壁に当たった琥珀の拳は、闘技場全体を覆っていたらしい結界らしきものに放射状のヒビを打ち込んだ。

追撃は最初のように気づけないほど速い攻撃ではなかったから、あれは純粋にただ殴っただけで防御結界を破壊しかけたのだろう。

「よく躱したね」

結界を破壊しかねなかった拳を少し降ろして、琥珀は感心を隠さずにそう言った。

ほとんど偶然だったけど、容赦ないデスだけは避けられた。あんなの食らったら消し飛んでもおかしくない。

たったの二撃であまりの無理ゲー感に心が折れそうなんだけど、それでも何か突破口はないかと視線を巡らせれば、違和感に気づく。

ジリジリと回復しているものの、琥珀のＨＰが何故か半分以上も無くなっている。

私が削ったわけじゃない、というかそもそも私は琥珀のＨＰをあそこまで削る手段を持っていないから、考えられるのは自傷ダメージ。

問題はそれが何によるものなのかだ。

同じ鬼人族であり、琥珀のステータスが筋力全振りである以上、琥珀のステータスを大まかにでも私は予測することができる。

種族ステータスは常に均一に伸びるからだ。

先程の戦いで立てた２００という予測レベルを仮に３００まで引き上げたとしても、バフを利用しない琥珀の敏捷は私が全てのバフを重ねた数値と大きく離れてはいないはずなのだ。

しかし、初撃の琥珀の速度は明らかに常軌を逸していた。

もはやワープと言われた方が納得のいく速さである。

少なくとも私にはどうやってもあの速度は出せない。となれば考えられるのはスキルか、私の知らない何かしらの技術によるものか、だ。

衝撃波と爆音という攻撃の余波から考慮するに、琥珀はあの時ワープをしたわけではなく、純粋に超高速で近づいて殴っただけのはずだ。

なんか現実でも音より早く動こうとすると衝撃波が発生したりするって言うでしょ？

そうなると考えられるのは、ＨＰの半分以上を消費することでめちゃくちゃ速く相手との距離を詰めるスキル、またはアーツ？

確かに一撃必殺の火力を持った琥珀にとっては有用なスキルだけど、高々数十メートルを詰めるためにいちいちそんなに莫大なＨＰを捧げなきゃいけないスキルなんてあるんだろうか。

もうひとつ考えられるのは、私が知らないだけで敏捷を強化できるスキルを持っている可能性。

私よりは遥かに多いスキルを持っているであろう琥珀なら、全然ありえることだ。

リジェネのように常時発動するタイプのスキルには、ステータスを直に補強するスキルもある。

ＮＰＣはスキルの付け外しができないから、そういう意味でこれが琥珀の素のステータスだと言う方が自然かもしれない。

これぱっかりは今の私にはわからないけど。

ただ、もし仮にそうなんだとしても、もうひとつ気になる点がある。

それは琥珀が最初に立っていた位置。その地面に、まるで爆弾でも爆発させたのかと言わんばかりの大穴が空いていたのだ。

よくよく見れば私が立っていたあたりも少し穴が空いているな。

うーん、あれは琥珀が思い切り踏み込んだせいで陥没したんじゃないだろうか。

そんな突拍子もない想像をして、あながち間違いでもないんじゃないかと思えてきた。色々と考え抜いた結果、多分あれは反動による自傷ダメージであろうという結論に至った。

先程の高速移動の答え。それは「地面を攻撃した反動で移動する」だ。

前に《十重桜》を調べた時、私は反動ダメージは頑丈、と言うよりは防御力によって変動することを知った。

筋力や武器の攻撃力、アーツそのものの攻撃倍率などを加味して、反作用が頑丈と防御力の壁を越えたら反動が返ってくるという理屈だ。

筋力全振りの琥珀のステータスは、当たり前だけど圧倒的に攻撃力に特化した構成だ。

いくら鬼人族で物理ステータスが高いと言っても、琥珀の場合は筋力と頑丈、つまり攻撃力と防御力のギャップがありすぎる。

もちろん普通の攻撃をするくらいなら反動も返ってはこないんだろうけど……この移動方法を利

用しようと思えば、必然的に反動ダメージは避けられなかったのだろう。

所詮は予測だ。けど、この仮説が正しければ重要な点がひとつ生まれる。

確かに反応できないくらいに速かったけど、逆に言えばＨＰが減っている状態では琥珀はあの移動を使えないはずだ。

二度目の攻撃が琥珀の素のステータスなら、十分に捌けると思う。

これはある意味大チャンスなのでは？

「よし！」

「ふふふ、顔付きが変わったね」

今度こそ一矢報いようと気合いを入れた私を見て、琥珀は嬉しそうに言った。

「じゃあこうしようかな」

そして、そのまま少し意地悪な笑みを浮かべると、トントンと地面を踏んでから駆け出した。

速い。凄まじく速いけど、それでも今の私なら十分に対応できる速度だ。

アリアとの戦いを思い出し、狙い澄ますのはカウンター。

互いに拳が届く距離に至り、琥珀の拳を躱しつつ渾身の一撃を叩き込もうとして気付いた。琥珀の拳が私のことを狙っていない。琥珀がニヤリと笑みを浮かべた瞬間、私は失敗を悟った。

その瞬間、ズドン!!　という音と共に琥珀は足を踏み鳴らす。

とてつもない衝撃で闘技場の地面が揺れる。まるで大地震でも起こったかの様な揺れで辛うじて周囲を覆っていた結界は完全に崩れさり、そして何より間近で揺れを起こされた私はまともに立つのも困難になっていた。

そんな揺れる大地でただひとり、琥珀だけが自由に動いている。

揺れに動じないままに、りぅ……と緩やかな動きで引かれたその拳には、アーツの使用を示しているのであろう青い光が点《とも》っていた。

あ、詰んだ。

「安心して。峰打ちだよ」

「ぜったいウソで……ごぇ!?!?」

笑顔で言い張る琥珀は私の返事を待つことなく、全体重を完璧に乗せ切った掌底を私のお腹に叩き込んだ。

＊＊＊

「大丈夫かい?」

「うぇ……大丈夫……」

「無理しなくていいよ。峰打ちとはいえ、ここの結界を砕き切るくらいの威力はあったはずだからね」

ミニ闘技場での模擬戦は私の完敗で幕を下ろし、私は休憩スペースのベッドに寝かされていた。

琥珀の攻撃は本人の申告通りの《峰打ち》であり、《素手格闘》スキルの熟練度をかなり上げないと覚えられない達人技……!らしい。

結果としてHPは1だけ残ったものの、車に轢《ひ》かれるよりよっぽど強い衝撃に撃ち抜かれたせいで、私は再び土を舐めることになった。

全身をシェイクされたみたいな感じ。とてもつらい。

とはいえ痛覚はないから、あくまでもめちゃくちゃしんどい車酔いみたいなものだ。

回復するのに時間はかからないと思う。

「スクナ、君の戦法と《素手格闘》スキルは相性が悪いと思うよ」

「ふぇ？」

酔いを覚ますために頭をフラフラとさせていると、琥珀はおもむろに話を切り出した。

琥珀の言うことに首を傾げていると、彼女はゆったりとした調子で言葉を続ける。

「一昨日の人族の少女との戦いも見ていたけど、基本的に君は格上相手に攻め込む時、一撃を積み重ねていくような戦い方をする傾向があるんだ。それは決して間違いではないけれど、私のように再生のスキルや能力を持つ相手、そして純粋に硬く鈍い相手には著しく効果が落ちるんだよ」

さっきのように、と例を挙げられて、頑張って当てた攻撃のダメージを延々とリジェネされたことを思い出す。

せっかくの攻撃が無意味だとわかるとなかなか心にくるものだ。それが頑張ってぶつけたものならなおのことね。

「相手が悪かった、というのも確かだけどね。赤狼、あの少女、真竜、そして私。どれも今の君には荷が勝ちすぎる相手だ。……でも君は赤狼を下し、その力を受け継いだ。なんで勝てたか自分ではわかっているかい？」

「うーん……攻めなかったから、かな」

赤狼戦の勝因を聞かれて、私は思い当たる理由を上げてみた。

徹底したカウンター戦法。最後の最後、唯一放った一撃を除けば、あの時私は自分から攻撃を仕掛けることはなかった。

「そうだろうね。私は赤狼との戦いを見たわけではないけれど、今日戦ってみてそうなんだろうと思ってたよ。……スクナ、君は目が良すぎるんだ」

「目？」

「君はね、スクナ。なまじ見えてしまうばっかりに、少しでも攻撃を食らう可能性があると回避に意識を割いてしまうんだ。とりわけ対人ではその傾向が目立つね」

深く考えたことはなかったけれど、琥珀の言う内容に否定できる要素はなかった。

ロウの時も、私は攻めあぐねている。私より遥かに高いレベルを持っているとはいえ、ダメージを恐れなければ踏み込めた場面はあったかもしれない。

レベル差があって、敏捷の差があって、筋力の差があって、手持ちのスキルの差があって、経験の差があって。

ロウとの戦いではそれを埋める手段として安易に《餓狼》に頼ってしまった。

「《素手格闘》の本質は肉を切らせてでも叩き込む連撃だ。ヒットアンドアウェイをするなら、それこそ君は武器を持つべきなんだ。単発の威力は確実にそちらの方が上なんだからね」

「うむむ……」

「まあ、そもそも私の見立てでは君はカウンタータイプだろうから、ヒットアンドアウェイですら君に合ってないと思うんだけど」

大金星を挙げたアリアとの戦いを思えば、カウンタータイプだと言われれば素直に頷いてもいいと思う。

ロウとの戦いでも、全力で集中すればカウンターだけで勝てたかもしれない。さっきのだって欲をかいて無理にカウンターに行かなければ、琥珀の狙いが震脚であることは見抜けたか、直前で対策が取れたはずだ。

悠長にやっていたらリジェネで回復されていたとしても、別に私は琥珀を倒したかったわけではないんだし。

結局は焦りで判断をミスったということになるだろう。

二日くらい使っていたとはいえ、別に《素手格闘》スキルに愛着があるのかと言われればそうでもないしね。

「目が良くて、勘も反射も優れていて、想像のまま自在に動く体もある。後は経験から予測を立てて、万能に対応できる手段を揃えれば、君に攻撃を当てられる存在なんてそれこそひと握りしかいなくなるはずだ」

「ひと握りって、例えば？」

「超広域破壊魔法を使える相手とかかな」

「ひぇぇ……」

やっぱりそういうのあるんだなぁ。

アポカリプスが撃ってきた真理魔法《ことわりまほう》なんかは別格だって酒呑は言っていたけど、あの十分の一でも範囲のある魔法なら私たち鬼人族にとっては致命的だ。

ダメージ判定がよくわからないけど超絶速い光の槍みたいな魔法も含めて、これから更なる魔法との戦いにもなっていくんだろうな。

「魔法に関しては私のように対策を立てるのもいいし、発動前に潰してもいい。それに、鬼の舞の三式は魔法の対策としても使えるよ。対策の有無に拘らず、魔法には常に気をつけておくに越したことはないけどね」

「《水鏡《みかがみ》の舞》……だっけ。あとどれくらい筋力を上げれば覚えられるのかなぁ」

「ふふ、どうだろうね」

琥珀は微笑むだけで、いつ覚えるのかもどんな効果なのかも教えてはくれなかった。

水鏡の舞、鬼哭《きこく》の舞、そして童子の舞。残る三つの型の名前は教えてもらっているけど、その内容はさっぱりわからない。

羅刹の舞、そして諸刃の舞と同じように、自己強化のスキルらしいってことくらいだ。

「戦い続ければ手札が増えるし、経験を積めば判断力が身に付く。君も予想がついてるだろうけど、私が筋力を他のステータスの代わりに使えるようになったのも、何十年という経験と修練を積み重ねたからだ」

ぽんと私の頭に手を置いて、琥珀は慈《いつく》しむような表情を向けてくる。

なんだかむず痒《がゆ》いけど、琥珀の大きな手から伝わる熱が気持ちいい。

「私との約束や鬼神様との約束があるからって、焦っちゃいけないよ。じっくりと強くなるんだ。私だってまだまだ若いし、鬼神様も数百年と封印されているんだから、少しくらい待たせたってバチは当たらないさ」

それは奇しくも、酒呑が言っていたことと同じだった。

酒呑は「琥珀もわかっているはずだ」と言っていたけれど、実は裏で繋がっているのではと言いたくなるくらい二人の鬼人の意見は一致していた。

彼女たちの領域に達するまでにどれだけの時間がかかるのかはわからない。

けど、二人は私を焦らせるつもりは無いらしい。

それなら自分なりに楽しんでいけばいい。

「それに、君だけが強くなっても意味がないしね。私たちの願いを叶えるには多くの仲間がいる。だから私は、一度鬼人の里に帰るよ。君の同胞も既に何人か辿り着いているようだし、改めて彼らにも協力を請おうと思う」

「うん、みんないい人たちだったよ」

昨日、鬼人族専用掲示板で交流したプレイヤーたち。私がこれまで調べなかったのがもったいないくらい、彼らは色々な情報を教えてくれた。

まあ、掲示板と言うよりはチャットみたいになっていた気もするけど……匿名じゃないからね、仕方ないのかもしれない。

「あ……そういえば、琥珀の終式ってどんな技なの？」

話が一段落して、私はふと酒呑と話した琥珀の必殺技のことを思い出した。

「驚いたな、どこでそれを……いや、鬼神様かな」

琥珀は私から終式の話を振られるとは思っていなかったのか、少し驚いたような表情で固まってから、納得したように硬直から抜け出した。

「ここに来る前にね、少し話してきたんだ」

「……全く、私が人生をかけて目指した目標を嘲笑うかの如しだね」

「えへへ」

琥珀の言うことがあまりにも正論すぎて、私は笑って誤魔化すしかなかった。

「鬼の舞の終式はね。五式と同時に発現する鬼の舞の奥義なんだ。舞の名は例外なく舞手の名を冠するようになっていて、技の内容は発現するまでわからない。ただ、舞手の人生を写す鏡だと言われている」

「それだと、琥珀の場合は《琥珀の舞》ってことになるの？」

「そうだね。ちなみにさっきの答えだけど、私の終式はざっくり言うと一撃必殺だよ」

「ああ……そうだよね」

筋力全振りの琥珀にはある意味最も適した奥義だろう。

それこそ、彼女の《破城》という二つ名の由来なんだろうし。

「見せるのはまた今度にしよう。今の私が打ったら何が起こるかわからないからね」

「そうだね。それがいいと思う」

琥珀の攻撃を生身で食らった身としては、普通に殴るだけで何もかもをぶっ壊すレベルの超絶筋力オバケの必殺技なんて寒気しかしない。

最低でもミニ闘技場は消し飛ぶだろうし、下手するとトリリアがやばい。巻き込まれて何人死ぬか……おお怖い。

「あ、そうだ。鬼神様から伝言があるんだ」

「えっ？」

急な模擬戦のせいで色々吹っ飛んでたけど、酒呑から伝言を預かっていたのを思い出す。

流石に酒呑の名前を琥珀の前で呼び捨てにはできないので、ここはあえて鬼神様と呼んでおく。

「『会うのを楽しみにしている』だってさ」

その一言を伝えた後、琥珀は完全に思考を停止した。

琥珀、意外と想定外の事態に弱いよね。

解凍された琥珀は最後に私の頭を撫でると、何も語ることなくミニ闘技場を去っていった。

顔がめちゃくちゃ赤かったし、表情もだらしなく崩れていたから……多分、言葉にならないほど嬉しかったんだろうなぁ。

こっそりスクリーンショットを保存した私は、あれがアイドル本人に出会ったファンみたいな反応なのかななんてどうでもいいことを思いつつ、まだ微妙に揺れている視界を正すべくベッドの縁に座り込むのだった。

＊＊＊

「あぁ……夜なのね……」

寂れた古城の一室で、ひとりの少女が呟いた。

寝ぼけ眼をそのままに、緩慢な動作で身体を起こす。

古臭い内装に不釣り合いなほど上品で豪奢《ごうしゃ》なベッドの上で、彼女はとても気だるそうに座り込んでいた。

「リィン……リィンはどこ……？」

「アンタの下ですけど……？」

恋しい相手を求めるように甘い声を出す少女だったが、返答は少女のお尻の下から聞こえてきた。

棘《とげ》のある声を聞いて、少女は笑う。玩具を見つけた子供のように、無邪気な笑みを浮かべていた。

「あら、リィン。貴女いつの間にお布団になったの？」

「嫌がる私をベッドに引きずり込んだのメルティでしょ⁉」

一糸纏わぬ姿で少女の下敷きにされていたのは、極一部が非常に良く発育した茶髪の女だった。

全身に噛み跡を残され、目の下に深い隈《くま》を残す女――リィンは、惚けた表情の少女の反応に苛立ち混じりの声を返す。

「最後には気持ちよさそうにしてたじゃない。何が不満なの？」

己の痴態を暴露され、リィンは顔を真っ赤にして数秒固まってから爆発した。

「ばっ……そういう問題じゃないでしょ!? 眠いのよ私は！ 眠いの！ アンタが寝ぼけて歯を立ててくるせいで寝れないのよ!!」

「もう……寝起きから元気ねぇ……」

両肩を掴んで揺らされたせいで、低血圧気味な少女――メルティ・ブラッドハートは少し顔を顰めて言った。

ここは『時忘れの城』。《天眼》《時忘れの魔女》《墜星》……数えるのも億劫《おっくう》になるほど多くの名を持つ、最強の吸血種の居城。

時間の歪んだ世界の中で、メルティは最近お気に入りの玩具と共に変わらぬひと時を過ごしていた。

「……メルティ、手紙来てるわよ」

「あら、本当。珍しいわね」

機嫌が直っていないのか、仏頂面のままのリィンから手紙を受け取ると、メルティは指を振ってソレを開く。

気が向いた時にしか人里に降りない彼女には、そもそも手紙を送ってくるような相手がいないのだ。

「へぇ……ふぅん……あらあら」

「ねぇ、何が書いてあったの？」

手紙を読みながら思わせぶりな反応を見せるメルティを見て、リィンは手紙の中身に興味が湧いて覗きに向かう。

それをメルティが許すはずもなく、手紙の中身を読もうというところで手紙は燃えて灰となった。

「なんだと思う？」

「わからないから聞いてるんだけど」

「もう、拗《す》ねないの。……ただ、星が廻《まわ》り始めたのよ」

「星？」

意味深なことを言うメルティに、リィンは首を傾げた。

彼女は昔から、大事なことに対しては迂遠《うえん》な言い回しを好む。

それはあまり学のないリィンには理解できなかったけれど、大抵はメルティを不機嫌にさせることばかりだ。

しかし、今回は久方ぶりに彼女が喜んでいるのが伝わってきて、リィンは少しだけ珍しいものを見たような気がした。

「一番星に翳《かげ》りが見える。一番星は燻《くすぶ》り、三番星は滅びの時を待っている。四番星は既に無く、五番と六番は不変の狭間。七番星は……相も変わらず、私の眼でも見えないか」

「メルティの言ってること、いつ聞いてもよくわからないわ」

リィンはそう言うと、つまらなそうにベッドに倒れ込んだ。

寝不足だからなのだろう。すぐに布団の魔力に意識を持っていかれそうになるのを堪えているリィンの髪に、メルティはそっと手櫛を通す。

「鬼神《しゅてん》、妖精王《ティターニア》、それから殺戮者《ジャック》……人の時代になった今、彼らの復活は何をもたらすのかしらね」

メルティはリィンを愛でながら、これから始まるであろう激動の時代を想起する。

それは現代の神話に繋がるかもしれないし、あるいは何事も無かったように終わるのかもしれない。

世界にとっての災禍《さいか》。理由はどうあれ、彼らはそう判断されたが故に封印をされた怪物たちなのだから。

「一番星を削ったのは鬼人の子。軛《くびき》を外してしまった以上、まずは鬼神から始まるのでしょうね」

世界中に散らばるメルティの使い魔たちは、ありとあらゆる情報を拾い集めては彼女の元に届けてくれる。

それはメルティの《眼》が届かない些末な事柄を補完するためのもの。見えはしても聞こえはしないのだ。

「それにしても……せっかく滅びてくれたのに、まだ同族が現れるなんて……これも創造神の思うままなのかしらね」

始まりの地が機能し始めた時点では、この世界で既に彼女しか残っていなかった吸血種が、新たに生まれ落ちたのは知っていた。

かつてあらゆる種族の頂点に立ち、栄華を極めていた吸血種を地に落としたのは、極めて純粋な暴力の化身。

三つの種族を滅ぼした鬼神の怒りによって、メルティ以外の吸血種はその全てが滅び去った。

だからと言ってメルティが鬼神を恨むことはない。

吸血種が鬼神の怒りを買ってしまったのは驕《おご》りによる自業自得であり、その滅びの手引きをした

のはメルティ自身なのだから。

吸血種、竜人種、天人種。物魔の双方に秀で、かつて最強と謳われた彼らを滅ぼした究極の暴力に、当時のメルティは恍惚《こうこつ》とした想いさえ抱いたものだ。

そうして頂点に位置する種族が滅びた結果、奇しくも最弱にして最も可能性を秘めた人族を中心とした、繁殖力の高い種族が蔓延《はびこ》ることになった。

メルティは今の、弱きものが溢れかえる世界を愛している。

己の退屈を晴らしてくれるのは今のところリィンひとりきりでしかないけれど、それとこれとは話が別だ。

滅びを迎えた種族の再興が成る可能性があるのであれば、手ずからその可能性を摘みに行く必要もあるだろう。

「とはいえ……その可能性は薄いかしらね」

いずれ生まれはするのだろう。それはもはや止められない現実だ。

だが、始まりの地から現れた異邦の旅人が、この世界に命を残すことはない。

竜人も、天人も、種族として繁栄しないのであれば泳がせておいて問題はない。

鬼神の復活も少なくとも半年単位で起こることであろうから、焦って対処する必要はない。そもそもアレは封印されし神々の中では大人しい部類に入る。

逆鱗に触れた側が悪かったのだ。故に復活したとしても見守っているだけでいいだろう。

問題は《殺人鬼》を筆頭にした他の神々だ。何故かは知らないが、創造神は封印した神々を解放する手段をわざわざ設けている節がある。

「創造神の考えることまでは見通せないけれど……ふふ、久しぶりに冒険したくなってきたわ」

「……めるてぃ……むにゃむにゃ……」

すっかり眠りに落ちたのか、不機嫌だった時のツンツンとした態度を一変させてメルティの手に頬を擦り寄せるリィンを見て、思わず頬が緩んでしまう。

主従の関係にあってリィンに縛りを課さないのは、こういういじらしい所があるからだ。

恥ずかしがり屋で甘え下手なのに、根っからの甘えん坊なのがリィンという人物の抱えるジレンマだとメルティは知っていた。

リィンは弱い。本当に弱い。けれど、メルティにとって何よりも価値のある、とあるスキルを持っている。

出会いの時に命を救われて以来、そして彼女を眷属にして以来、気づけばどれほどの時を共に過ごしただろうか。

久しぶりに彼女と共にデートをするのも悪くない。

そう思って、メルティは久方ぶりにベッドから降り立った。

「レギン」

「ここに」

「少しお出かけしてくるわ。城の管理は任せたわよ」

「御意」

声はすれども姿は見えず。メルティはレギンという名の使い魔に命令を下し、眠り姫を起こさないように気をつけながら、出立の準備を始める。

何しろメルティはリィンがいれば食事の必要はないが、リィンは人間であるが故に食事の用意が必要だ。

彼女の持つスキルの都合上、食料は多めに用意してあげるのがいいだろう。

必要なものを魔法でインベントリに放り込んで、メルティはものの数分で準備を終えた。

「さしあたり……帝都を目指しましょうか。今代の皇帝に挨拶に行かなきゃね」

目的地を定めたメルティは、指先に魔力を灯して空中に文字を描き出すと、リィンが眠りこけているベッドを丸ごと陰に沈めていった。

いつも通りならあと三時間は起きないはずだ。その間に、久しぶりの外出をひとりで楽しむとしよう。

背に羽を生やして窓から身を乗り出すと、月の照らす夜空の下を、メルティは緩やかな羽ばたきと共に飛び立った。

＊＊＊

「手に馴染む、ってこういうことかな」

琥珀と別れ、少し休んで調子を回復させた私は、トリリアの街の武器屋に来ていた。

壁に立て掛けられていた片手用メイス、それも金棒系の無骨なやつを手に取ると、何だかとてもしっくりくる。

「おう、嬢ちゃんみてぇのがそんなのに目をつけるなんて珍しいな」

「んー、そう？」

「ま、大抵は剣か槍か、あとは杖ばっか売れっからな。気持ちはわかるし売れる分にゃ文句もねぇが、そのタイプはメイスの中でも人気がねぇんだよ」

「見た目がねぇ。おしゃれからほど遠いもん」

「違ぇねぇや」

ガハハと笑う武器屋の店主と雑談を交わしながら、私は手に持った金棒の性能を確かめる。

攻撃力は40オーバー、耐久は金棒にしては低い３００。フィニッシャーの威力増加としては物足りないけど、普段使いならこれでも高すぎるくらいだ。

要求筋力値が30でめちゃくちゃ低いような気がしたけど、冷静に考えるとヘビメタ製の武器が重すぎるだけだよね。

とはいえやはり軽いのは間違いない気がするな。

「しかしなんだな。嬢ちゃんの背負ってるそれ、ヘビメタのハンマーだろ。しかも純度が高ぇ。見た目じゃわからなかったが随分力持ちなんだな」

「鬼人族だからね」

「この街に来るレベルのやつでそんなモン持てるやつぁ鬼人族でもそうはいねぇさ」

ふむ、確かにこの武器を作ったはるるもなかなか持てる人は居ないって言っていたし、そんな物なのかな。

「ちなみにそいつの銘は《金棒・穿《うがち》》だ。安くしとくぜ？」

「うん、気に入った。お金足りないかもだから、素材もいくつか売っていいかな？」

「おう、構わねぇぜ」

こうして私は元値4万イリスの金棒を、素材交換も含めて半額の2万イリスで買わせてもらった。

店主のおっちゃんの話によると、軽鋼《かるはがね》と呼ばれるヘビメタの逆の性質を持った鋼と普通の鉄の合金らしく、ちょっと軽かったり耐久が低いのはそのせいみたいだ。

ちなみに色は白みの強い銀。今背負ってる《メテオインパクト・零式》が漆黒なのを考えると、反対の性質を持つ軽鋼は白系の鉱物なんだろうね。

背負っていたメテオインパクト・零式を一旦インベントリに戻して、今買った金棒を背に立ってみる。

「どう？」


『いいと思う』

『すき』

『似合ってる』

『撲殺鬼娘の復活』

『撲殺はしてたんだよなぁ……』

「ふっふっふ……あれ褒められてる？　ねえこれほんとに褒められてる？」

いいコメントを拾えば褒められていると言えるんじゃないだろうか。いや待って、金棒が似合っているってそれは女の子としてアリなの……？

「レベリングとかしたいんだけど……トリリアは湖上都市だから、街の周りはあんましモンスターいないんだよねぇ」

『泳げない？』
『濡れスクナはよ』
『水竜狩りだあああ』
『遠出するん？』

「水竜狩りは犯罪なんだって。ちなみに泳げるけど、《潜水》スキルがないと一分でSP全損するらしいよ」

呼吸をSPで代用しているということなのか、まあそこら辺はわからないけど。

話によると、トリリアを覆う湖の底には遺跡が眠っているらしい。

潜水スキルが現時点で最高値のプレイヤーですら見るのが精一杯らしいから、現状はただの観光名所だけどね。

「とりあえず、この街は入場した門の他にもうひとつしか出口がないんだよね。そっちに向かおう。要塞都市って話だから、守りやすくってことなのかなぁ」

『わからん』

『戦争に自信ニキはいなかったか』


とりあえず武器も調達したし、狩りに出かけつつ次のダンジョンを目指してみよう。

そんな感じに話がまとまり、私はフィーアスへと開いた門に向かうのだった。

目の前で吠える、一体のゴリラ型モンスター。

《パワードゴリラ》という名の割にイマイチパワーに欠けるゴリラを相手に、私は金棒を振り回していた。

一言で言い表せばタフい。とにかくタフいんだけど、でも強くはないかな。

一度でも琥珀の攻撃力を前にして、しかも直に腹パンなんかされたら大抵の攻撃はぬるく感じてしまう。

大振りとはいえなかなかの速さを誇る右パンチを金棒でいなしつつ、パワードゴリラの懐に潜り込んで脇腹を金棒で殴り抜く。

軽いからか、はたまた重りのごときヘビメタ武器を外したからか。

やっぱりいいね、この手軽な打撃感。リーチも伸びるし投げてもいいし、金棒くらいが使いやすいや。

「それっ！」

ゴギャッと音を立てて、金棒がパワードゴリラの顎に叩き込まれる。脳が揺れてふらつくのを見逃さず、私は打撃武器スキルの新アーツを発動させた。

その名も《連続叩きつけ》。叩きつけを二回するだけの何の変哲もないアーツである。

ちょっと名前から残念感漂うアーツだけど、叩きつけ自体がフォームに縛られないというちょっとレアな効果を持つアーツなだけあって、連続叩きつけも両手で持ってさえいればかなり自由に敵を殴りつけられる利点がある。

それを活かして頬をビンタするようにべしべしと殴りつけると、ＨＰを失ったパワードゴリラは力尽きて消えていった。

ちなみに既に十匹くらい狩っていて、タフい分経験値が結構美味しい。

「なんでこの平原、ゴリラばっかりなんだろ」

見渡す限り……というほど広くはないものの、なかなかに広大な平原には、主にゴリラばかりが闊歩している。

平原とは言っても所々に坂があったりはするんだけど、基本的に視界は広い。

快晴で空も青いし、肌に触れる空気も暖かい。普通に歩いているだけでも気持ちいい、とても穏やかなフィールドだった。

そのどこを見てもパワードゴリラばかりなのが風景としてはネックなんだけどね……。

あと、襲ってこないから見て見ぬふりをしていたんだけど、《レッドライイナ》というサイのモンスターもいる。

ゴリラに比べてレベルも高く、よりタフネスな雰囲気が漂っているけど、どうも非アクティブのモンスターみたい。

穏やかに草を食《は》む姿は見ていて和むけど、たまにゴリラとの戦いに巻き込んでしまって、ゴリラごと吹き飛ばされてデスしてるプレイヤーが見受けられるから、この平原では相当強い部類のモンスターなんだと思う。

触らぬ神に祟りなし。明らかに打撃が通りやすい相手じゃないし、ゴリラが美味しいから私はゴリラを狩る。

「ゴーリラ、ゴリラゴーリラ」

金棒を時折メテオインパクト・零式に持ち替えながら、鼻歌交じりにゴリラを狩る。

両手用メイスでも《打撃武器》スキルのアーツは使えるし、当然《両手用メイス》スキルのアーツも使えるから、必要に応じてアーツは使い分けている。

前にも少し説明したけど、両手用メイスは一撃の火力に超がつくほど比重を置いた武器だ。

基礎攻撃力が高く、攻撃の重さもあり、アーツのダメージ倍率も高い。

代わりに比較的動きが鈍く、かつ取り回しがとても難しい。

基本的にはタンクやバッファーとセットにして運用することで、より高い効果を発揮するタイプだ。

先程、連続叩きつけは両手で持ってさえいれば自由なフォームで殴れるという話はしたけど、基本的に打撃属性の武器の持つアーツはフォームに縛られにくいという特徴がある。

というのも、切り裂くって行為は基本的に武器を振り抜ける。それは結果として連撃につなげやすいという利点を生む。

反面、打撃武器の攻撃は基本的に弾かれるか弾き飛ばすか、あるいは潰すかの三択なのだ。

例えば剣であれば、袈裟《けさ》斬りからの切り上げみたいな二連撃を放てるところ、打撃武器だと袈裟斬りの要領で振り下ろすと肩で攻撃が止まるから振り上げには移行できない。

アーツは基本的に決まった軌道を描くんだけど、打撃武器でそれをやると尋常じゃない硬直時間が発生してしまうのだ。

打撃系のスキルのアーツはそんな理由で比較的自由なフォームを許されているし、フォーム固定の技は単発威力重視のアーツが多めに設定されている。

ちなみに両手用メイスの基本アーツは《スマッシュ》。

固定フォームで振り抜く、威力倍率二倍の極めてシンプルな打ち込み技である。

タフいゴリラのＨＰすらゴリゴリ削るこの火力が気持ちいい。

「オラオラオラァ！」

『ひぇっ』

『ひぇっ』

『ゴリラに恨みでもあるんか』

『テンション高ぇ』

『ストレス溜まってたんかな』

『音がえぐい』


ゴリラ死すべし、慈悲はない。

経験値が美味しいのがいけないんだよなぁ。

ゴリラ相手に金棒で無双していると、不意に何か、誰かを呼ぶような声が聞こえた。

「……ぇさま……！」

「ん？　今なんか聞こえなかった？」


『聞こえない』

『聞こえない』

『全く』

『幻聴では？』

『ウッ……遂にスクナたんも……』

「遂にって何さ遂にって。いやまあ、プレイヤーの声なんて平原中からいくらでも聞こえるんだけどね。これは私に向けられてるような……」

キョロキョロと辺りを見回して、それっぽい人影を探してみる。

すると、先程立っていた位置から見ると後方、二百メートルくらいは離れているだろうか。

こちらに向かって駆けてくるひとりのプレイヤーの姿が見えた。

「あー……なるほどね」

二百メートルなんて、現実世界に比べて遥かに身体能力が高いこの世界では十数秒の距離だ。

見覚えのある、いや、むしろつい最近一緒に遊んだばっかのプレイヤー。

そういえば彼女もトリリアの周辺にいたんだったね。

「スク姉様！」

「久しぶり、トーカちゃん」

こっちの世界では二日くらいぶり。

ちょっぴり息を切らしながら現れたのは、リンちゃんの従妹にして私の妹分であるトーカちゃんだった。

＊＊＊

『トーカちゃん来た！　これで勝つる！』

などと盛り上がってるリスナーはとりあえず置いといて、私はトーカちゃんを見上げる。

「久しぶり、というほどのこともないと思いますが……」

「うーん、確かに。ここ数日濃密な時間が多くてねぇ」

「何度か配信されてる姿は見てましたけど、トラブル続きでしたもんね。生の琥珀さんは私も初めて見ました。フィールドで困ってるプレイヤーを通りすがりで助けてくれる、結構有名なNPCなんですよ」

実はファンクラブもあるんです。そう言ってトーカちゃんがメニューを開いて見せてくれたのは、ファンクラブ専用掲示板なるものだった。

「私は会員証がないのでこの掲示板の中で何が語られているのかはわかりませんけど、そのうちスク姉様にも接触してくるかもです」

「ほー……」

「どうでも良さそうですね」

「ぶっちゃけ」

接触されてもギブもテイクもできないわけだしなぁ。

たった二日、されど二日。

私と琥珀の間には、配信で表面的に語られた以上の繋がりができている。

琥珀の不利益になりそうなことはしたくないし、されたくもない。ま、そんなに心配することではないと思うけど。

「そう言えば、トーカちゃんはどうしてここに？」

「昨日一昨日と二日間レベリングをしてて、今日もレベリングをしようと思ってたんです。そうしたら、スク姉様の配信通知を見逃してたのに気づきまして。急いで駆けつけた次第ですね」

「なるほど、そういえばゲーム内からでも配信は見れるんだったね」

鬼人族専用掲示板の民たちがそうしていたように、ゲーム内からでもメニューを通して配信を見ることができる。

掲示板はプレイヤーIDとパスワードを持っていれば同様にどこからでも見ることはできる。ただし、書き込みは街中などの安全地帯限定だ。

配信プレイヤーの居場所がモロバレなのは色々問題もありそうだけど、そこは了承してのプレイであると言うしかない部分だ。

昔からオンラインの対戦ゲーム配信ではスナイプと呼ばれる行為は当たり前のようにあったそうだし、まあストーカー被害が出れば運営対応で永久BANという対処もあるでしょ。

「トーカちゃんは今何レベ？」

「34です！」

「34⁉　随分頑張ったんだね」

詳しく覚えているわけではないけど、トーカちゃんと前に遊んだ時は25レベル前後とかだった気がする。

学生でなかなか忙しいはずのトーカちゃんが一気に9レベルも上げるとなるとなかなかの手間だ。

まして彼女はサポーター型のステータスビルドをしている。ひとりで上げたんだとしたら相当な苦労をしたはず。

「こういう作業は好きなんです。時間をかければその分だけ数字が伸びますから」

ぽわぽわとした雰囲気でそう言うトーカちゃんに、そういう考え方もあるんだなぁなんて思う。

確かに、経験値やアイテムといった明確なリターンがその場で得られると考えれば、努力の成果が見えない現実よりはよっぽど努力のしがいがあるのかも。

「スク姉様は、今何レベルくらいなんですか？」

「32……いや、33に上がってる」

琥珀と戦う前は31レベルだったレベルが、いつの間にか33まで上がっている。

おかしいな、レベルアップしたって通知は一回しか聞いてないような……あ、もしかして。

「琥珀と戦ったから、経験値入ってるんだ」

「負けたのにですか？」

「ぐふ……ま、まあね、負けたよね……」

「ああっ、ごめんなさいスク姉様！」

トーカちゃんからの悪気のない言葉が胸に突き刺さる。グサって音が聞こえたような気がする。

『草』

『わろっつぁ』

『容赦なくて笑う』

『割と傷ついてるやつ』

「いやさ……無理じゃん……琥珀に勝つとか無理じゃん……？　絶対レベル三桁超えてるもん……」

「ああ、落ち込まないでスッ姉様！」

リスナーからトーカちゃんへの援護射撃によって私は死んだ。無念。

「じゃあみんなはアレと戦って勝てるんですか？　私はそう言いたいですけどね」


『無理です』

『無理です』

『無理です』

『無理です』


「震脚で地震もどきを起こすって、ほんと何なんだろうね……」

「ゲーム内で地震かーと思ってたんですが、あれは琥珀さんの攻撃だったんですね。トリリア全体が揺れてたみたいですよ」

「ほへぇ」

推定四桁の筋力ステータスを持つ琥珀ならではなんだろうけど、私も四桁に乗せればあれくらいの現象が起こせるんだろうか。

あと150くらいレベルを上げれば四桁には乗るかもしれないけどなぁ。流石にアンバランスだよね。

「話は変わるんだけどさ」

「はい？」

「なんでこの平原ってゴリラばっかなんだろうね」

ＷＬＯに限った話ではなく、フィールド毎にテーマがあるのはゲームでは当たり前だ。

某国民的ＲＰＧを例に上げれば、スライム系統のモンスターしか出てこない隠しフィールドなんてものがあったりとか、高経験値のモンスターしか出てこないボーナスフィールドだとか。

例えばＷＬＯでも、デュアリス付近に広がるローレスの湿地帯はフロッグばかりが生息しているカエルの王国だった。

始まりの街の南門、果ての森までの合間に広がるフィールドはウルフのテリトリー。

魔の森は魔法を使えるモンスターだけが出現したりなど、フィールドがテーマに沿って作られることは決して珍しくはない。

もっとシンプルに言えば、森に虫のモンスターが出るとか、海に魚のモンスターが出るとか、そういう自然に沿った典型的な出現パターンもテーマと言えばテーマだろう。

誤解のないように先に言っておくけれど、私は決してゴリラに詳しいわけじゃない。

ただ、何となく森の中に住んでいるイメージが強くて、平原を闊歩してる姿に違和感を覚えているだけだ。

この平原がゴリラをテーマにしていると言われればそれまでの話でしかないしね。

経験値は美味しいし、やけにタフなだけで倒しづらくもない。

デュアリス周辺と違って、湖を超えればトリリア周辺の気候も地形も穏やかなものだから、ゴリラを相手するのは決して難しくないのだ。

「このフィールドがゴリラばかりなのは、ボスがそうだからですよ」

「ボスが？　ネームドってこと？」

ウルフの群れの中に赤狼アリアがいたようなものかな？

まあアリアは孤高の一匹狼だったけど、ウルフのフィールドのボスとしては相応しいモンスターだった。

それと一緒かと思って聞いたんだけど、返ってきた言葉は否定だった。

「いえ、違います。トリリアからフィーアスへの境界を守るボスです」

「境界……って、要はダンジョンだよね？　今のところ見渡す限り平原って感じだけど、そんなに遠くからゴリラが出るのかな」

フィールドでゴリラ、ダンジョンでもゴリラ。

ゴリラづくしの道中を想像して、若干辟易《へきえき》としてしまう。

そんな私の思考を読み取ったのか、トーカちゃんは慌てたように手を振りながら、私の考えを否定した。

「違うんです、スク姉様。トリリアからフィーアスに向かう道中にダンジョンは存在しないんです」

「え？」

ダンジョンが、ない？

「トリリアとフィーアスの間には大河が流れています。一キロはあろうかという長大かつ広大な大河です。その大河を渡るための唯一の大橋。それが、第三の番人である《アーマード・マウントゴリラ》の居場所であり、第四の街であるフィーアスに向かうには避けて通れない戦いです」

「アーマード、マウントゴリラ……」

『アーマード……』
『マウント……』
『ｇｏｒｉｌｌａ』
『→最後だけ英語にすんな笑』

川のボスなのに……マウント……？　という言葉は、そっと胸にしまい、ものすごく強そうな名前のボスの姿を想像する。

そう言えば、リンちゃんがトリリアからフィーアスへの道中、そこに出てくるボスはかなり強いって言っていたような記憶がある。

恐らくそれがアーマード・マウントゴリラなのだろう。

「本当に強いボスです。シンプルにタフで、攻撃力が高く、それなりに素早いという物理型のボスになってます。私も一度フレンドと挑みましたが、普通に負けちゃいました」

「あれ、物理型のボスなの？」

「はい。魔法攻撃はないですね。ただ、タンクですらかなりのダメージを負うほどの攻撃力を持ってますから、物理なら有利かと言われれば微妙ですけど」

「いや、でも……私との相性はいいよねぇ」

純物理型というアーマード・マウントゴリラの特徴を聞いて、同じ純物理型ステータスの私はとても相性がいいのではと考える。

まあ、物理型と相性がいいと言うよりは魔法型に致命的に弱いだけなんだけど……それでも、話を聞く限り搦手《からめて》を多用するタイプでもなさそうだ。

「そうですね。なので、ひとつ提案があるんです」

今度は私の考えを笑顔で肯定してくれたトーカちゃんは、提案があると言って指を立てた。

「私と一緒に、このままボスに挑みませんか？」

「いいね、そういうのは好きだよ」

トーカちゃんの提案に、私は思わずにやりと笑みを浮かべた。


「おー……あっちのフィールドはラビットが沢山いるなぁ。見て見てトーカちゃん、あっちに虹色のラビットがいるよ！」

「スク姉様、流石に見えません」

「そっかぁ」

目の前を流れる大河。トリリアとフィーアスを繋ぐこの大河の名前は《フィーリア川》と言うらしい。安直なネーミングだけど現実でも割とよくあるよね、こういう二つの名前の間をとりましたって名前。

トーカちゃんはキロ単位の幅があるようなことを言っていたけど、私が見るにこの位置の幅は多分五百メートルくらい。

河口に近づくにつれて広くなる可能性もあるから、位置によっては一キロくらいの広さがあるのかもしれない。

ただ、泳いで渡るのは多分無理だ。

これはスキルだとかSPだとかそういう問題じゃなくて。

水深の深いところで、三十メートルクラスの水棲モンスターの影が無数に揺らめいているのが見えたからだ。

シロナガスクジラ並のサイズ感を持つモンスターが悠然と泳いでいる川ってなんなんだろう。

私が見ているのにも気づいてたみたいだし、知能が高いのか感知能力が高いのか。

メタな話をしてしまえば、ちゃんと橋を渡れっていう運営の無言のメッセージだろうね。

そう、橋。さっきトーカちゃんに聞いた通り、この川の端と端を繋ぐ大きな大きな橋があって、

私たちはその目と鼻の先まで来たのだ。

じゃあなんで川の向こうを眺めているのかと聞かれれば、簡単に言うとボス部屋の順番待ちである。

横幅が百メートルはある巨大な橋ではあるんだけど、ボス戦中に入れるのは一パーティだけ。

ここのボスは「一人前への登竜門」などと呼ばれるくらいには強いらしく、第一陣のプレイヤーでも討伐して先に進んでいるような人はそう多くない。割合としては三割ちょいってところだ。

ただレベリングをするだけでなく、何度も挑んで行動パターンを把握する必要があるんだとかで、ゴールデンタイムや休日のここは非常に混雑するらしい。

しかし平日の昼間であれば、私たちがここにたどり着いた時に前のパーティが挑んでいたくらいの待ち時間しか発生しない。

トラブル回避のためか門番のようなＮＰＣも立っていて、整理券のごとく番号札を渡してくる。これが順番待ちの証なわけだ。

ちなみにここのボスを倒すことで手に入る『通行許可証』を見せるとワープポイントを使わせてもらえるようになる。

単純にフィーアスから先は雑魚の強さが段違いに上がるので、弱い人は立ち入れないように門番が見張っているんだって。

「あ、開いたよ」

「勝ったのか負けたのかはこちらでは判断できませんね」

「どっちだろうねぇ」

橋の入口の門が開き、門番の人がこちらを見ている。

私はトーカちゃんとふんわりとした会話をしながら、手にした番号札を門番の人に渡した。

横からなら覗けるかなと思ったけど、中の戦いは不思議と見えないので、結界のようなものが張られているんだと思う。

「よし、じゃあ行ってきまーす」

「頑張ります！」


『いってら～』

『頑張れ！』

『ゴリラとゴリラの戦いか……』


「誰がゴリラじゃ！」

ほんと失礼しちゃうね！


「ほんと広いなぁ」

「これ、どうやって形状を維持してるんでしょうね」

「魔法じゃない？」

見ていたからわかっていたことだけど、本当に大きな橋だ。これなら自由に駆け回れる。金棒の柄を軽く握って、琥珀との戦いの後遺症が残っていないこともわかった。

ここから先は試練の時間だと言わんばかりに、音を立てて門が閉められる。

それはこの世界に生きるNPCにとっても、私たちプレイヤーにとっても共通の試練だ。

橋の中央付近で遠目にポップし始めた《アーマード・マウントゴリラ》を見ながら、私は大きく深呼吸をした。

完全にポップしたマウントゴリラは、確かにこれまで戦ってきたダンジョンボスに比べて遥かに威圧感がある。

ドン！　ドン！　と耳が痛くなるような特大のドラミング音が鳴り響く。私たちに対する威嚇なのだろう。私たちを待ち受けるようにじっと動かないマウントゴリラ。小手調べとして、いつぞやにはるるからもらった分銅を取り出す。

彼我の距離。力加減。風。射角を計算して山なりに放られた分銅は、狙い通りマウントゴリラの右目に捩じ込まれた。

「あれっ？　当たっちゃった」

「相変わらずデタラメですねぇ」

まさかのヒットに驚いていると、トーカちゃんからほのぼのとした言葉が返ってきた。

動作が遠目すぎて反応が遅れたのだろうか。普通に弾かれると思っていたので、棚ぼた感が凄い。

急所を突いたとはいえダメージ自体はほんの僅かだ。それでも、隙は作れたように思う。

「行こうか！」

「はいっ！」

トーカちゃんと示し合わせ、私たちはマウントゴリラとの距離を詰めることにした。

近接武器使いの私は距離を詰めなきゃダメージを与えられないし、トーカちゃんの支援魔法もある程度近い距離でないと効果を発揮できないからだ。

「とりあえず私が最初に突っ込んでタゲ取るから、行けると思ったらバフを投げる感じで」

「はい。私が合わせますから、姉様はお好きに動いてください」

「りょーかいっ」

片目の痛みから開放されたのか、はたまた私たちが近づいてきたからか、マウントゴリラもまた戦闘態勢に入っている。ドッカドッカと足音を立てて迫り来る高さ五メートルはくだらない巨大ゴリラの拳と、私の振るう金棒が正面からぶつかり合う。

「ぬおっ⁉」

打ち負ける、そうわかった瞬間に力の方向を変えて拳をいなした。

受け流された拳は地面へと当たり、橋に大きなヒビを発生させる。そこらのゴリラとは比較にならない、凄まじい破壊力の証明だった。

攻撃が流された程度で諦めることはなく、風切り音を立てて振るわれる拳をバックステップと金棒による受け流しで捌いていく。

五回ほど捌いたあたりで、ゴリラは一旦距離を取った。

「流石にボスか」

「姉様！　平気ですか？」

「問題ないよー」

連続攻撃を途中で切り上げた辺り、なかなかクレバーなモンスターと見える。

恐らく、目の前のゴリラはちゃんとＳＰの概念を持ったモンスター。攻撃の無駄打ちを嫌ったんだろう。

今回、私は少しやりたいことがある。

琥珀から指摘された私の適性。目の良さを活かした受け身の戦法。琥珀とは比べるべくもないけれど、それでも目の前のボスは十分に私より高いステータスを持ってくれている。

再び飛びかかってきたゴリラの攻撃を、今度は受け流すのではなく完全に回避して後ろ足を叩く。

ダメージは微量。元より一本のＨＰゲージを持つアーマード・マウントゴリラだけど、アーマードという名の通り毛皮が装甲のような硬さだ。

マウントゴリラの攻撃が来るまでに三発連打し、攻撃の向きを変えるように横から叩いてずらし、少し流れた顎に下からの振り上げを叩き込んだ。

「《チアアップ》《プロテクト》」

私が攻撃を当てた時点で、ヘイトが分散しないと判断したのだろう。

トーカちゃんから飛んできたバフは、筋力強化の《チアアップ》と頑丈強化の《プロテクト》。どちらも近接戦においてはありがたい魔法である。

マウントゴリラの両手を組んでの叩きつけ連打をステップで回避し、攻勢が緩んだ瞬間に後ろ足の指を殴りつける。

チアアップで上がった火力に加え、今回は叩きつけも発動しての攻撃。そして指まではアーマーで覆われていないおかげで、いいダメージが入った。

ゴリラが怯んでいる隙にボコスカと殴りつけ、プレス攻撃をさっさと躱す。

「《アームド》《ヘイスト》《アーマー》《センシビリティ》」

敏捷、器用の上昇に加え、攻撃力アップとダメージカットのバフが飛んでくる。強化に強化が重ねられ、全身が軽くなったような感覚に支配される。

一度距離を取ろうとバックステップの動きをするマウントゴリラに追随する形で距離を詰めた私は、付いてこられるとは思わなかったのか若干驚いたような表情を浮かべる顔面へ新たなアーツを叩き込む。

「《デストロイ》！」

《打撃武器》スキルのアーツ、《デストロイ》。

一見すると叩きつけとそう変わらないように見えて、このアーツは相手の頑丈をこちらの攻撃力が上回っていた場合、頑丈を無視したダメージを与えることができるという効果がある。

切断ではなく内部破壊。打撃という攻撃手段故のアーツと言えるかもしれない。

チアアップとアームドによって上昇した攻撃力は無事にマウントゴリラの防御力を上回ったらしく、これまでにないほど大きなダメージを与えられた。

「うわっ」

嫌がるように腕を振ったゴリラの攻撃に、硬直から抜けていない私は巻き込まれて倒される。

ダメージはほとんどないけど、ちょっとびっくりした。

「《ストロング》《アクセル》」

今の私の攻撃で更なるヘイトが稼げたと判断したのか、トーカちゃんが複合補助魔法を発動する。

ストロングは筋力と頑丈を、アクセルは敏捷をヘイスト以上に加速してくれる中級の補助魔法だ。

ヘイト管理がうまいのか、それでもマウントゴリラのヘイトは私に向いたままだ。

常にバフが継続しているので、とても気持ちよく戦わせてくれる。間違いなくいつも以上のパフォーマンスが出せている。

チラリとトーカちゃんの方を見てみれば、笑顔で手を振り返してきた。まだまだ余裕があるんだろう。

ああして後ろでしっかり構えてくれていると、私としても安心して前を張れる。私が不慣れなヘイト管理をトーカちゃんがしっかり自分で見極めてくれるからだ。

ひとりきりではない戦いっていいな、なんて思いながら、私はマウントゴリラとのタイマンを続けるのだった。


モンスターのＨＰは数値で決定されている。

これ自体は説明するまでもないことだ。

昔のＲＰＧなんかだと、敵のＨＰがわからなくても何十何百とダメージを重ねていけば倒せたりしたものだ。

パッと見の見た目をＨＰゲージで表示するタイプのゲームにおいても、これは変わらない。

表面上はゲージが減少しているけど、実際にはちゃんと数字の計算が行われている。

このタイプの見た目を採用する理由は多いけど、その中でもＷＬＯのボスモンスターのような多段ゲージを持つタイプに関してはわかりやすい利点がある。

それは、ボスモンスターの行動パターンをゲージ毎に管理することができるってこと。

より正確には、行動パターンの切り替わりをプレイヤーにわかりやすい形で示せるってことだ。

一段のゲージでこれをやるなら、ＨＰの割合によってゲージの色を変えるとか、そういった形をとるのが普通だと思う。

ゲージ毎に違う数値の体力を割り振ることもできるし、ダメージの段階をより視覚的に、それでいて数字をそのまま表示するよりは考察の余地がある、合理的な方法なのだ。

そんなゲージタイプのゲームのボスにありがちなのが、狂騒状態、発狂状態とか呼ばれる状態だ。

言い方自体はいくらでもあるけど、お決まりなのは追い詰められたボスモンスターが切り札を切るのは最後の一ゲージからってやつ。

これはある種のテンプレで、他には一ゲージしかないけどゲージを色で区分けして、色毎に行動を変えてくる赤狼みたいなパターンもあったりする。

何を言いたいのかって？

それは、目の前のアーマード・マウントゴリラもゲージを二本持っている以上、切り札があるってことだ。

マウントゴリラのＨＰゲージを一本削りきった瞬間の出来事だった。

マウントゴリラは私との近接戦を放棄して大きく後ろに後退すると、咆哮と共に輝き出した。

「うわっ、眩しっ⁉」

「きゃっ⁉」

ビカーーッ！　とでも音が鳴ってそうな輝きの後、それが収まった場所に立っていたのは、黄金の鎧を纏ったゴリラだった。

「えぇ……」

黄金の鎧を纏ったゴリラ。うーん……うーん。

これアリかなぁ。


『えぇ……』

『草』

『吹いたわ』

『ファッションセンスさん⁉』

『その反応待ってた』


普段なら戦闘中は見ないコメントを思わずチラ見すると、私と同じ反応をしてくれるリスナーは結構いた。

いや、鎧自体はかなりかっこいいのだ。

ただ、それを纏っているのがでかいゴリラってだけで、こう、なんというか……うん。

運営の中にゴリラ好きの人がいたりしたのかなー。

「全体的にギャグっぽさが……トーカちゃん危ないっ！」

「え……きゃああっ」

インパクトとコメント欄に気を取られて反応が遅れてしまった。

マウントゴリラは戦いの余波で出た瓦礫を尾で掴み、思い切り放り投げたのだ。

反応できていれば撃ち落とせたとは思うけど、咄嗟過ぎて撃ち落とせなかった。

トーカちゃん自身も気を抜いていたからか、直撃をくらったせいで悲鳴を上げて吹き飛ばされた。

「させないっ！」

飛んでくる追撃の瓦礫を、自身にのみ当たりそうなものは避け、トーカちゃんに当たりそうなものは弾き飛ばす。

今更だけどトーカちゃん、自分にバフを掛けていないんだ。少し過剰なくらいバフを飛ばしてもヘイトを集めきらなかったのはそれが理由だろう。

ただでさえトーカちゃんはバッファーに特化している上、敏捷を優先しているせいで頑丈ステータスが低めだ。

結果としてＨＰの半分以上のダメージを食らってしまった。

これがフルメンバーのパーティとか、レイドバトルなら前衛支援は全くおかしくはないんだけど、流石に二人しか味方がいないのに自分へのバフを怠るのはまずい。

……いや、違うか。トーカちゃんは私を信頼した上で必要ないと判断したんだ。

どちらかと言えば集中力を欠いた私に責任がある。

トーカちゃんの分も前に出て、彼女を守るのが私の仕事だったんだから。


そうだ。私は守らなきゃいけないんだ。


そう考えた瞬間、酷く違和感を覚えた。

思わず首を傾げて、意味もなく頷く。前衛に立つ私がトーカちゃんを守るのはおかしなことじゃないはずだ。

守、る……？

違和感が酷くなっていく。耳鳴りがする。目眩がする。それでも体は勝手に瓦礫を叩き落とし続けている。

体と心が離れていくような気がした。

何だかとても眠いような気もする。

心が静かだ。だけど噴火しそうな気持ちもあって。

それでも、後ろには守るべきものがある。


「だから、壊さなくちゃ」

それは、とても自然に口から漏れた言葉だった。

思わず自分の手で自分の口を塞いでしまうほどに、自分の意思とは関係なく出てしまったような、止めることのできない言葉。

違和感は刹那の合間に融解した。

全身に力が溢れてくるような気がする。

一瞬だけ頭が沸騰しそうなほど煮立ち、急速に冷えていくのがわかる。

留まることを知らずに投げ込まれる投擲物を最小限の動きのみで捌きながら、心と体のズレだけはそのまま残っていた。

「姉様⁉　大丈夫ですか⁉」

トーカちゃんの呼びかけでハッとする。

ズレていた感覚が一気に引き戻された。

「えっと……そうだ、倒さなきゃ」

目の前で奮起するマウントゴリラを見て、少しぼんやりする意識を覚醒させる。

今のがなんだったのかはさておいて、とりあえずこのボスを倒さなきゃ。

森の中とかならともかく正面から飛んでくる瓦礫を撃ち落とすの自体は難しくないし、何だかとても調子がいい。

空も飛べそう、とまでは行かなくとも、手足の先までアバターを正確に動かせるような感覚がある。不思議な全能感だった。

瓦礫がなくなったのか、はたまたSPの問題か、投擲攻撃をやめて再び近接戦闘を仕掛けてきたマウントゴリラの殴打を、金棒を使って受け流す。

パワーは上がっているし、スピードも段違いに高まっているはずなのに、不思議とそれはとても鈍重な動きに見えた。

正面から打ち合っては当然力負けしてしまう。けれど、横から叩けばいくらでも攻撃は逸らせるものだ。

いや、そもそも逸らす必要すらないか。乱打される拳のひとつひとつを回避してカウンターを決めてやれば、いちいち逸らしてから攻撃に移るよりは一手多く余裕が生まれる。

余裕は次の攻撃の見切りを助け、更に精密なカウンターを可能にする。

マウントゴリラがタフであろうと、乱打の数だけカウンターを入れられればHPは削られていく。

カウンターを狙うのであればできるだけ急所がいい。マウントゴリラの急所なんてわからないし、これまで同様手近な頭を狙えばいいだろう。

そう思って顎を中心に狙い続けていたら、十五連打目くらいでマウントゴリラがぐらついた。

脳が揺れたか、スタン値的なものが蓄積されきったのか。ふらつくゴリラを前に金棒を上に放り投げるように手放して、二度拍手を鳴らす。

《鬼の舞》の一式、そして二式。《羅刹の舞》と《諸刃の舞》を連続で舞い踊った私は、放り投げた金棒を空中で掴み取ると、そのまま落下の勢いを足してゴリラの頭蓋にアーツ《デストロイ》を叩き込んだ。

トーカちゃんからのバフも含めて高まった筋力のおかげで、マウントゴリラのＨＰがごっそりと減る。悲鳴を上げて後退したマウントゴリラに追撃しようとすると、バチッと音を立てて小さな雷が襲いかかってきた。

「うわっ」

金棒で弾くと消えた。雷の出どころは、と思ってマウントゴリラを見ると、痛みに震えるマウントゴリラの体毛が金色に変わっていくのに合わせて周囲に雷を撒き散らし始めた。

「見覚えがありすぎる……」

「姉様、気をつけて！」

「任せて！」

こんな短時間で二度も同じミスはしない。トーカちゃんの呼びかけに応えてから、マウントゴリラの真の切り札であろう変身に集中する。

飛び散る雷が収まった時、変身は完了したようだ。

全身の毛を燃えるように逆立てた金色のゴリラは、なかなかに勇壮に見えた。黒と金だとイマイチだったけど、こっちはなかなかイケてる見た目な気がする。

観察してみた感じ、あの雷はなんというか、変身の余波ではなく能動的に放たれるものっぽい。

実際にマウントゴリラは雷を纏っているわけでは無いし、謎のオーラは纏っているけど、これは赤狼アリアもそうだったからおかしなことじゃない。

さて、どう来るか。

そう思った途端に大きく仰け反ったゴリラを見て、私は嫌な予感がした。

「《シールド》！　《マジックバリア》！」

トーカちゃんも悟ったようで、今回ばかりはしっかりと自身に防御の魔法を張っている。

物理攻撃か魔法攻撃かわからないからだろう。念のために両方張ってるのがトーカちゃんらしい。

ちなみに私には防御魔法が飛んできていないので、自分で躱せるだろうという厚い信頼が伝わってくる。

あれが物理攻撃ならまだしも、魔法だったら掠っただけで致命傷な気がするんだけど……？

ゴウッ！　と音を立てて放たれたのは直径二メートルはあろう極太のレーザーだった。

「ちょっと待てぇ！」

雷を放出するんじゃないんかい！

ツッコミたくなる気持ちを抑え、迫り来る殺戮の光線を横に飛ぶことで回避する。

冗談みたいな攻撃だけど、どんな方向に撃たれても問題ないように予測はしていた。

だから私自身は回避に成功したものの、あの軌道だとトーカちゃんにクリーンヒットしてしまうかもしれない。

咄嗟に振り向くと、粉々に砕かれたマジックバリアの破片が飛び散るのが見えた。

「トーカちゃ……」

「大丈夫ですぅ……」

返事を聞いて振り向くと、橋の結構端っこの方にプスプスと焦げたトーカちゃんが見えた。

うまく直撃は避けたものの、掠って吹き飛ばされたってところか。

そして地味にあの攻撃、魔法属性なんだな。マジックバリアだけが壊れているから間違いない。

純粋物理型のボスに見せかけてひどい不意打ちだ。

なんにせよ生きていてよかった。これで心置きなくあいつを倒せる。

流石に大技を撃ったからだろう。マウントゴリラも疲労したのか動きが鈍い。

不意をつく強力な切り札を内心で褒めながら、私はマウントゴリラの懐に潜り込み、切り札を出し尽くし弱り切ったボスのHPをしっかりと削りきるのだった。

「よし、終わり！」

「やりましたね！」

アーマード・マウントゴリラを倒した私たちは、ハイタッチをしてから橋の反対側へと歩き出した。


『おつ』

『やったぜ』

『個性的なゴリラだったな』

『結局ひとりで削り切ってしワロ』

『スクナたそだからね』

『完全サポ割り切っててすこ』

『トーカちゃん結婚して』

「トーカちゃんはやらん」

「ふぇ？」

「いや、コメントの話」

私がって以前にリンちゃんの壁が厚いと思うね。

そう言えばリンちゃんは何してるんだろうなぁ。そろそろ目的地には着いたんだろうか。ワイワイしながら橋を渡り切ってみると、門の前にいた兵士風のＮＰＣから声をかけられた。

「ほう、女子《おなご》二人で奴を倒してきたか」

装備は橋の手前にいた門番と同じものだから、多分この人も門番なんだろう。年齢的には初老くらい。

違うのは強さ。向かい合ってるだけでわかる。この人は相当強いＮＰＣだ。底知れなさって意味では、琥珀に似たものを感じるくらいに。

「まあね。色々予想外のモンスターだったよ」

「そうだろうな。あれはなかなかユニークな奴だとも。しかし二人でというのは実に久しぶりに……いや、その証を持つ者ならば必然か。貴殿のことはワシの耳にも届いているからな」

胸に煌めくオリハルコンを指しての言葉に、私は特に反応を返さなかった。

琥珀の例もあるし、彼女の話では《名持ち単独討伐者の証》は世界でもほんの僅かにしか所持者のいないアイテムらしい以上、こういった場所にいる兵士にくらいは話がいってておかしくはないからだ。

「既に洗礼は受けたようだが、その証を身につけること自体が一種の試練であることは自覚しておくといい。ワシはそれを身につけた者が世界に押し潰される様を何度も見てきたよ。神に認められるとはそういうことだ」

「洗礼、ね……」

どの戦いのことを、と思ったけど多分アポカリプスとの戦いのことだろう。

もし彼の言うことが本当なら、琥珀が言っていたコレの所持者が世界に何人もいないっていう言葉の意味も随分と変わってくる。

ただ手にするだけならもう少し居たはずなのに、世界にそれを潰された、そんな英雄たちがいたってことだ。

「ありがとう、えっと……門番さん？」

「ジェストだ、若き鬼人族のお嬢さん」

「じゃあジェストさんで。またここに戻ってくるから、その時はよろしく！」

「うむ。……ああそうだ、一応通行許可証の確認をさせてくれ。神の目を欺くことはできんが、決まりなのでな」

「はーい」

先程のマウントゴリラ戦でドロップしたカード型の通行許可証をインベントリから取り出して見

せると、ジェストさんは頷いて道を指し示してくれた。

「帝都は道なりに進んだ先にある。主にラビット種が多いが、それを狙うイーグル種のモンスターにも気をつけることだ」

「へぇ……飛行モンスターかぁ」

確かに空を見上げてみると、何かが飛んでいるのが見える。

平原とは言ってもこれまでのように広大に開けた大地ではなく、止まり木のように所々に密集して木が生えているので、その辺に巣があるのかもしれない。

「よし行こう、トーカちゃん」

「はいっ、スク姉様！」

「武運を祈る」

こうして門番のジェストさんと別れ、私たちはフィーアスに向かうのだった。

「そういえばさっき、フィーアスのことを帝都って言ってたよね」

空に向けての警戒は怠らず、しかしのんびりとした気候の道を歩きながら、私はトーカちゃんと雑談していた。

基本的にノンアクティブらしいフィーアス周辺のラビットは、こちらから仕掛けたり近づいたりしない限りは襲ってこないのだ。

「帝都、つまりは国の首都のようなものですね。確か……始まりの街から第八の街までがメルスティヴ帝国とかいう名前で、この帝都がフィーアスに当たるみたいですね」

「めするてぃぶてぃこく」

「メルスティヴですよ、スゥ姉様」


『ヴだぞ』

『ヴ』

『ブじゃない』


「いや、あの……発音じゃなく名前が長いなぁって思ったというか……」

「カタカナの国の名前はなかなか覚えられないって人いますよねぇ」

世界史が苦手なタイプの人はたまにそんなことを言う気がする。かくいう私もそうだしね。

「メルスティヴというのは建国の英雄の名だそうです。たったひとりで十万のモンスターを足止めしたとか」

「はぇ～」

「帝都に銅像があるらしいですから、後で見に行きましょうね」

私はそのメルスティヴという英雄の話ではなく、トーカちゃんのゲーム内知識が半端ないことに驚いていた。

何を聞いても答えが返ってくるし、しつこ過ぎないうんちくまで追加してくれる親切さだ。

とりあえずフィーアスに行ったらメルスティヴの銅像とやらを見に行こう。

魔の森で三十体程度のモンスターにやられかけていた私的に、十万のモンスターと戦ったという逸話は結構衝撃的に刺さっていた。

城壁を砕いただの十万のモンスターを足止めしただの、この世界のＮＰＣの逸話って結構規模がでかいよね。

それにしても、この辺はほんと不思議なくらい平和だ。

帝都って言っていたし、街の周囲をしっかり掃除しているってことなんだろうか。

単純にモンスターが弱いのかと聞かれればそんなことはなくて、普通にレベル三十を優に超えるモンスターが闊歩してるのだ。

帝都の人は最初のレベリングをどうやってるんだろう。

なんにせよ、ただ平和なだけだから楽でいいんだけどね。

「むっ……」

「どうかされましたか？」

「ちょっと待ってて」

かなり遠くの方、木が密集してる辺りにある物を見つけた私は、手持ちの中で一番跳ねやすい投擲武器である鉄球を取り出した。

さっきのマウントゴリラとの戦いで投げた分銅を考慮するに、筋力は足りる。軌道計算も大丈夫。

どうやら動き回っているわけでもないから、精度を最大に重視する。

集中力を高め、右手で鉄球を持った私は少しだけ助走をつけて右腕を振り抜いた。

「…………シッ！」

鋭い呼気と共に放られた鉄球は、先程の分銅に比べると直線的な軌道を描いて飛んでいく。

今回は投擲の威力を増すために《ショット》という《投擲》スキルのアーツを使用した。《シュート》に比べて真っ直ぐに、素早く、高い威力で投げられるアーツだ。

凄い勢いで木々の中に入っていった鉄球は、枝や幹を計三回跳弾してから目的の相手の眉間に突き刺さった。

木の枝の上で眠っていたのであろうそのモンスターが衝撃と痛みに悶えて落ちてくる所に、時間差で追撃しておいた二本の投げナイフが突き刺さる。

ちょうど喉をへし折ってくれたようで、そのままの勢いで投げナイフがモンスターを木に縫い止める。

動きを止めたモンスターはしばらくしてから出血ダメージで消滅していった。

「よーっし」

なんかレアっぽいモンスターだったから狙ってみたけど、思い通りに刺さってとても気分がいい。

さっきのマウントゴリラ戦から続いてすごい調子がいいんだよね。頭も冴えてるし、すごくいい感じ。

「……何かいました？」

「うん、虹色のラビットがね、一瞬だけ見えたから」

「当たりましたか……と聞くのは野暮ですね。虹色のラビットって、対岸でスク姉様が見えたって言ってたやつですよね」

『なになに？』
『虹色の兎かぁ』
『うーん、見えない』
『そりゃもう消えてるからな』
『草』
『スクナたそ視点で見てもさっぱり』

「《ミステリア・ラビ》って言うんだって。素材が結構……やけにいっぱい手に入ってる」

お肉が美味しい。毛皮が高く売れる。経験値は少なめだけど、お金は沢山貰えた。

基本的にプレイヤーを探知するとワープで逃走するみたいで、こっそり近づいてワープされる前に倒すのが普通の倒し方。

今みたいに見つかる前に倒せれば、たくさん素材を手に入れられる設定らしい。

割と脆いみたいだし、見つける度に倒したら結構美味しいかも。さっきはたまたま見えたから殺ったけど、次からは積極的に狙おうかな。

はるるに毟《むし》り取られて以来、私の懐事情は結構ギリギリなのだ。金策もしなきゃいけないのが辛いところだった。


「なるほど、ここが帝都ねー」

「広い……ですねぇ」

始まりの街、デュアリス、トリリア。三つの大きな街を見てきた私たちをして、広いとしか形容できない巨大な都市。

それが、フィーアスという街への第一印象だった。

「検問らしい検問はないっぽいね」

「あの門の上にある水晶が、監視カメラのような役割を果たしているらしいですね。門番の方々も非常に強いNPCだとかで、レベル50を超えた犯罪プレイヤーが一太刀でデスしたって話もあります」

「NPC強すぎ案件」

一応監視の水晶に手を振ってから、私たちは帝都フィーアスへと入場した。

「あれがメルスティヴ帝国城だよね。リンちゃんに連れてってもらった海外のお城に近いけど、でっかいね」


『はぇ～』

『登るだけで一苦労しそう』

『無駄にでけぇ』

『物理的にいけるんか？』

「現実では物理的に不可能な構造も、この世界なら魔法でどうにかなっちゃいますからね」

「なるほどね？」

あー魔法って便利な言葉だー。

と、冗談はさておき、夕方に差しかかろうというこの時間帯になっても、帝都はだいぶ賑わっている。

だだっ広い道の端には色々なお店や屋台が立っていて、なかなか食欲をそそられるご飯も多い。

プレイヤーらしき人たちもそれなりには見受けられて、やはり装備や佇まいがトリリアまでのプレイヤーとはワンランク違う。

なんだかんだで厄介なゴリラだったからね。あれを倒したとなれば相当に強者だ。あのレーザーはずるだと思う。

「無事にフィーアスに着きましたけど、この後はどうしますか？」

「そうだねぇ……ミステリア・ラビの素材を売りたいといえば売りたいかなぁ」

あの後、フィーアスに着くまでに三体のミステリア・ラビを狩ったおかげで、私のお財布は結構潤っていた。

ここから更に素材を売ればしばらくお金には困らないだろう。丁寧に使えば金棒はほとんど壊れないしね。

「ショップに直に売ると安く買い叩かれますからね。観光がてら、少しお店を探しますか？」

「うん、そうしよう」

「お姉ちゃん、ちょっとい～い？」

トーカちゃんとこの後の予定を話していると、不意にすれ違ったＮＰＣの少女から声をかけられた。

茶色の髪の毛を少しボサボサにした、幼い子供だった。

「ん？　どうかし……ッ！」

「姉様？」

思わず武器を抜きそうになるほど、明確に死を感じた。

なんだ、この、悪寒は。

目の前の少女は、一見するとただの女の子でしかない。

見た目も、雰囲気だって普通の女の子だ。

変なところはどこにもない。それが逆にどうしようもない違和感となって私の感覚を逆撫でしていた。

「……誰？」

「………………あはっ」

長い沈黙の後、一際おぞましく笑った少女は、瞬きの間に金髪紅眼の少女へと姿を変化させていた。

それは初めて会った少女のはずなのに見覚えのある姿で。

幻覚？　魔法？　わからないけれど、こんなに一瞬で変化させられるものなの？

未だに心臓を掴まれているような死の予感は消えない。

あまりに上位。触れることさえ許されないほどの力の差を感じた。

「ごきげんよう、赤狼装束の鬼人さん。よく気づいたわね、褒めてあげるわ」

「そりゃ、どーも」

上から目線の語りかけに反感を抱く余裕すらない。いつだって殺せるのだ。そして、街中でそれをすることを躊躇うような甘さもない。

本物の殺気を前に、私は冷や汗をかきながら言葉を選ぶしかなかった。

「お名前は？」

「……スクナ」

「職業は？」

「童子、だけど」

「あら、どうやら本物ねぇ。わかっていたことだけれど」

ルンルンと鼻歌でも歌いそうな雰囲気で、少女はただ笑っている。

初対面の相手が私のことを知っている、それ自体はもう珍しいことではない。ただ、このレベルのナニカに目をつけられるのは想定していなかった。

「気力は合格、才覚は満点。力はまだまだ未熟として……いいわぁ、貴女のその目。随分と我慢強い、と言うよりは引き金が引かれなかったのねぇ。自覚はないようだけれど……こんなにも濁り切った闇を抱えてる子は久しぶりに見たわ。ふふ、それは鬼人としては最高級の才能よ」

「何を、言って……？」

「いずれわかるわ。それが鬼人なんだもの。貴女が眠らせているその感情が覚醒《めざ》めたのなら、また会いに来てあげる」

少女はそう言うと、自分の唇を彩るルージュを少しだけ指先に乗せると、つぅっと私の頬に指を滑らせてから身を翻す。

「ま、まって」

意味深なことだけ言って帰っていきそうな少女に、私は思わず声をかけた。

「貴方の、名前は？」

答える義理もないのだけれど。

そう言葉を残してから、少女はその紅の瞳で私の目を見据えながら、楽しそうに己の名を謳った。

「メルティ。そう呼ぶことを許してあげるわ」

聞き覚えのある名前に、思わず息が詰まる。

メルティ。《天眼》のメルティ。

それは琥珀から名前を聞いた英雄の名前。

見覚えがあるはずだ。だって彼女はクロクロと同じ容姿なのだから。

なんでこんな所に、そんな超大物がいるの？

「また会いましょう。幼い幼い鬼人さん」

言葉だけを残して、幻影のような少女は完全に姿を消し去った。

後に残ったのは、訳もわからず立ち尽くす私と、疑問符を浮かべたトーカちゃんだけだった。

「姉様、今何と喋っていたんですか?」

「え?」

想像を遥かに超える化け物との遭遇から数秒後。

トーカちゃんから投げかけられたのは、不思議な問いだった。

「何って……」

「私には、姉様が虚空に向かって話しかけているように見えたのですが」

「はっ……え……?」

トーカちゃんが何を言っているのかわからない。

私は今、あの自己申告が正しいのであれば《天眼》のメルティと話していた……はずだ。

トーカちゃんは真横でそれを見ていたのだから、当然メルティの姿は見たはず。もし仮にあの幻術のようなもので見た目通りに見えなかったのだとしても、茶色の髪の少女は見えていたはずで……。

「ねぇ、リスナーのみんなは見えた?」


『?』

『??』

『急に芝居でも始めたのかと』

『何も』

『何かいた？』

『わからん』

「そっ、か」

白昼夢でも見ていたんだろうか。ゲームの中で？

というか、さっきの状態の私を相手なしで見てたのなら、さぞかし迫真の演技に見えたかもしれない。

「ふっ、くくく、あはははは」

そう思うと少し笑えてきて、私は全身の緊張を解いた。

「なんでもないよ。ちょっと幽霊さんと話してただけ」

「？　そう、ですか……？」

システムを騙《だま》す。どんなにかけ離れたレベルの話なのかもわからないけれど、全く、めちゃくちゃなことをやってくれる。

メルティ・ブラッドハート。最強の吸血種にして人類の英雄。

相対した印象としては純粋に善なる存在ではないように思えた。それは琥珀にも言えることだけどね。

自分さえよければいい、そんなトリックスターのような性格をしていそうな気がしたけれど、それもまた私の勘違いかもしれない。

結論から言えばわからない。というか、わかりようもないかな。

「さ、観光しようか。フィーアスの鍛冶屋に金棒は売ってるかなー」

「スク姉様は金棒がお好きですねぇ」

「使いやすいんだもん」

着いて早々なんだか疲れてしまったけれど、そもそもボスを倒してここまで来たんだから疲れて当然だ。

気持ちを切り替えて観光しよう。そう思って、ふと通りのガラス窓に映る自分の姿を見た私は、何だかとてもほっとした。

ほっぺたに微かなルージュの跡が見えたからだ。

「夢じゃない、か……」

きっと、また会うことになるんだろう。

それが思っていたよりも遠い話ではなかったということは、今の私には知る由もなかった。

＊＊＊

「メルティ、誰と話してたの？」

「可愛い可愛い女の子よ」

「またそういうこと言って……いつか刺されるわよ、絶対」

「貴女に刺されるなら本望よ？」

「私の力じゃ刺さらないわよ」

「はっ、確かにそうだわ」

「ぶん殴るわよほんと」

握り拳を作るリィンに、メルティはにこやかな笑みを返す。

帝都を緩やかに歩きながら、メルティとリィンは彼女らなりの冗談を交わし合っていた。

「久しぶりにね、ゾクゾクする子に会ったのよ。だからちょっとだけ唾を付けておいたの」

「その子に同情するわ……で、何してきたの？」

「ちょっとお話ししただけよ。私が手を出すまでもなく、覚醒しないのがおかしいくらいに揺らいでいたもの」

リィンはメルティに目をつけられたその少女に心の底から同情しつつ、覚醒という言葉に思いを馳せる。

揺らいでいたというメルティの話しっぷり的に、それは必ずしも「いいこと」ではないのだろう。覚醒とは必ずしも成長や進歩に使われる言葉ではない。世界には目覚めてはいけない領域もあるのだから。

「鬼人である以上、『あのスキル』を発現する素養はある。あの子にはその引き金もあった。これぱっかりは発現することが正しいとは言えない力だから、目覚めないのならそれはそれでいいことなのかもしれないけれど」

「鬼人の『あのスキル』って……その時点でダメじゃないの！」

メルティの言葉を聞いて、リィンは思わず語気を強めた。

メルティですら明言を避ける『あのスキル』の正体は、リィンも知っている。

知っているからこそ、それを止めなかったメルティの意図がわからなかったのだ。

「ダメってことはないわ。目覚めないに越したことはないのは確かだけれど……アレもまた、ただの『力』でしかないのだから。使い手によって善にも悪にも変わりうる」

リィンの批難を、メルティは涼しい顔で受け止めながらそう言った。

「あの様子ではほぼ間違いなく、近いうちに覚醒するでしょう。むしろ既に覚醒してないのがおかしいくらいだったんだから」

「メルティでも止められなかったの？」

「そうね。私も人の心までは操れないもの」

どれほどの力を持っていようとも、知識を有していようとも、変えられないものはいくらでもあるということをメルティは自覚している。

とりわけ人の心と言うものは難しい。力で屈服することもあれば、決して屈しない強い心がもっと別の要因に惹かれることもある。

メルティから見れば、あの鬼人の少女は力に屈するタイプではなく、さりとて何かに惹かれるわけでもない。

ひとりきりでも迷わぬよう、たったひとつの光を見つめ続ける幼子のような心だった。

「ま、仮に力に呑まれるようなら私が止めてあげればいい話。師匠もいるみたいだし、支えてくれる人もいるのだから、きっと自力で乗り越えるんじゃないかしらね」

「ふぅん……メルティにしては随分と評価が高いのね」

「そうねぇ。妬《や》いちゃった？」

「全然。珍しいと思っただけよ」

全く嫉妬の気配を見せないリィンを見て残念そうに肩を竦めてから、メルティは《天眼》を通して先程の少女を見る。

メルティの眼に映る、二つに別れた心。どちらも本物であるが故に、目覚めてしまった時に何が起こるのかはわからない。

「人って、ほんとに面白いわ」

まずはこの結末を見届けよう。

かつて吸血種が滅びた時のように。

メルティの本質はどこまで行っても観測者なのだから。

＊＊＊

「皮だけで20万出そう」

「ふぁっ!?」

ここはフィーアスの服飾店……などではなく。

私たちがいるのは、子猫丸さんが拠点にしている工房だった。

いつも通り配信を見ながら生産を進めていたという子猫丸さんは、私がミステリア・ラビの素材を手に入れたのを見て急いで連絡を入れてきたそうだ。

すっかり忘れていたけど、彼の工房はフィーアスにある。目と鼻の先に落ちてきたレア素材ゲットのチャンスを、彼はふいにはできなかったそうだ。

「他のお店と比べても10万イリスも高いですけど、どうしてですか？」

子猫丸さんの提示してきた金額は、はっきり言って段違いの数値だった。

一応トーカちゃんと二人で色んなＮＰＣショップを回って、売値を比較してみたりはしたのだ。

だから、余計に訝しんだトーカちゃんが疑うような視線を向けるも、子猫丸さんは慌てることなく理由を話してくれた。

「実は、あるクエストをクリアするのにこの素材が欲しかったんだ」

「クエストですか？」

「ここは第四の街であるだけでなく、帝都でもある。当然だけどね、この街には貴族が居るんだよ」

子猫丸さん曰く。

今、彼が受けている生産系のクエストは、帝都の貴族への上納品を作成するものらしい。

その貴族は子猫丸さんに工房を使わせてくれている張本人であり、その見返りとして求められたのが上納品なんだそうだ。

武器でも防具でも、洋服でもアクセサリーでもいい。何か一点、その貴族が満足するくらいの装備品を作り上げることができれば、晴れて工房は子猫丸さんの物……というクエスト内容。

それを達成するために、ミステリア・ラビの素材を探していたんだそうだ。

「この街の周辺に比較的多くいるのは確かなんだが、その狩りにくさから需要と供給が全く噛み合っていなくてね。金策にするならもっと手堅いモンスターがいくらでもいるし、経験値は正直不味い。狩ることができれば大きな収入なのは確かでも、効率としてはイマイチなのさ」

確かに、逃げ足を考えると片手間で倒せる相手ではないし、なんならそこら辺を飛び回っている《ブラックラビット》を狩る方が効率は良さそうだ。

ちなみにブラックラビットはレベル33のモンスターで、フィーアスの周りにすっごい沢山いる子たちだ。

「そこで私ってわけですね」

「そうだ。まさか四匹も狩っているとは思わなかったけどね」

手痛い出費だ、なんて言いながらも子猫丸さんは嬉しそうだった。

皮だけで20万と子猫丸さんは言っていたけど、もちろんミステリア・ラビの使い道は皮だけにあらず。

一度しっかり観察した時に気づいたんだけど、実はミステリア・ラビは額に宝玉のようなものがついていて、そして目も水晶のような素材でできているらしい。

こちらの二種類はただ綺麗なだけの素材としてドロップしていて、ＮＰＣショップでも、単体の売値で見たらこっちの方が遥かに高かった。

「宝玉はとりあえず二つ、前金でひとつにつき15万出そう。こちらは完成品をオークションで売ろうと思うから、売値次第で追加報酬も出すよ。もちろん、黒字になればだけどね」

「ほぇー……子猫丸さん、お金持ちですねぇ……」

「私は竜の牙《ドラゴンファング》の一員だからね。彼らの装備を優先的に作るという条件はあるが、研究や趣味に没頭できるだけのイリスを稼げるお得意様でもある。僕ら生産職こそ、先立つものは必要だからね」

「あ、お金は取ってるんですね」

「もちろんだとも」

クラン・竜の牙《ドラゴンファング》。その名前を聞くのも久しぶりな気がするけど、一週間以内なのは間違いないんだよねぇ。

かなり大規模なクランだし聞いているけれど、少なくとも私は子猫丸さんくらいしか知り合いはいない。

クラン。クランかぁ。同じ志を持ったプレイヤーの集団のことだけど、名前が違うだけでオンラインゲームには高確率で存在するものだから、珍しいものではないよね。

パーティよりも大きな互助集団、とでも言えばいいんだろうか。案外言葉で説明しづらいかも。

そう言えば、リンちゃんはクランを立ち上げてたりはしないんだろうか。

リンちゃんのカリスマ性なら大規模クランの一つや二つくらい治められそうなものだけど。

しかしもうフィーアスなんだなぁ。

あと一つ、あるいは二つ街を進めれば、やっとリンちゃんの元へ辿り着ける。

初日ぶりに一緒にゲームができるのだと思うと、心が踊るのは否定できなかった。

「そう言えば、せっかくだから赤狼装束の修理もしようか？　ロストがないとはいえ、強敵との連戦で消耗してるだろう」

「あー……そう言えばそうかも」

手に入れて直ぐにロウと戦い、アポカリプスに削られ、魔の森での死闘もあったし琥珀にもだいぶ削られている気がする。

ちょっとメニューから確認してみると、確かにだいぶ耐久を消費してしまっていた。

「防具の修理ですか？　できるなら私もお願いしたいです」

「構わないよ。ほとんど時間もかからないし、せっかくだから見ていくかい？」

便乗したトーカちゃんに対し、快く頷いてくれる子猫丸さん。

せっかく誘ってもらったので、私は生産の見学をさせてもらうことにした。

「あ、それならぜひ」

「私も、防具の生産は見たことないので見てみたいです」

この後私とトーカちゃんは子猫丸さんのちょっとした生産講座を受け、空も暗くなってきた頃に二人揃ってログアウトするのだった。

＊＊＊

「……ふぅ。流石に色々ありすぎたなぁ……」

リビングのソファに飛び込むように寝転がって、私は軽くため息をついた。

室内はとても静かだ。部屋自体が防音だし、そもそも高所にあるこの部屋は喧騒とは程遠い。

夕焼けと夜の合間、柔らかな闇に包まれた部屋の中を、まだまだ眠らない街の灯りがぼんやりと照らしていた。

帰ったらリンちゃんがいない。

二日間の出張営業中だからだ。

わかっていたけど、何となく寂しい。

もう何年もひとりで暮らして、ひとりきりの生活にも慣れていたはずなのに。

一週間ちょっとという短い時間の間に、人肌の温かさに慣れてしまったんだろうか。

「リン、ちゃん……」

寂しい。そう思ってしまった時点で、自然と名前を呼んでいた。

もぞもぞと体勢を変えて、柔らかなソファに包まれるように身を沈める。

眠ろう。そうすれば、リンちゃんが帰ってくる「明日」になるから。

思ったよりも疲れていたのか、眠りに落ちるのに時間はいらなかった。

＊＊＊

「ナナと連絡が取れない？」

『そうなんです！』

耳元から聞こえてくる騒がしい燈火の声に、夜通し車の中で眠っていたせいで疲れ果てた私は顔を顰めた。

イベントが長引いたこと、それから打ち上げなんかに参加したことで、本当は一泊二日の予定が三日目の朝帰りになってしまった。

それ自体は別に構わないんだけど、体力が多いわけじゃない私としては結構しんどい結果になった。とはいえ、燈火から朝早くにかかってきた電話の内容は、無下にできるものでもなかった。

「現状は？」

『一昨日一緒にフィーアスまで行って、夜の七時ぐらいまで配信をしてたのは知ってますよね？』

「ええ、合間に見てたから」

私がイベント会場で色々やっている間に、ナナとトーカが無事フィーアスに着いたというのは知っている。

あそこまで来てくれているのなら私の方から出向いてもいいくらいだから、やっとナナとＷＬＯができると思うとドキドキが抑えられないくらい。

『円卓のフレンドに「数日前の約束通りスクナを招待したい」と言われまして、渋々ナナ姉様に連絡をとったのですが、繋がらなかったんです』

「何回電話した？」

『二十回くらいでしょうか？　一応メッセージは飛ばしましたが、ＷＬＯにもログインしていないようなんです』

「なるほど……」

燈火の情報を総括するに――一昨日の夜から昨日一日中に加えて、今朝まで連絡がつかないってところかしら。

年がら年中働いていた頃ならいざ知らず、今のあの子がそれだけの間連絡がつかないのは確かにおかしいかも。

「燈火。貴方から見て、ナノにおかしな所はなかった？」

『ナナ姉様はいつも素敵です。ただ配信中、二回ほどぼーっとされていたような気がします。プレイが雑になっていたとかではなく、心ここにあらずといった感じです』

「そう……わかったわ。あまり心配しなくていいわよ。少なくともあの子が力でどうこうされることはないから」

『それは心配してませんけど……あの日の涙を思い出すと、いつまた消えてしまうんじゃないかと怖くって』

燈火がナナを心配する理由はわかる。

そして、その心配はあながち間違いではないかもしれないことも。

「ま、大方電話の電源を切ったまま忘れてるだけよ。何かわかったら連絡入れるから、とりあえず燈火は寝なさい。どうせ寝てないんでしょ」

『うっ……どうしてわかるんですか……』

むしろなぜわからないと思ったのだろうか。

電話越しでも伝わってくるほどに疲労で声質が変わっているのに。

「声を聞けばわかるわよ。全く、そんなに心配するならもっと早く連絡してきなさいよね」

『リンねぇ……ごめんなさい』

「いいわよ。とにかく、私に任せておきなさい。絶対大したことないいんだから」

『お願いします。じゃあ、私は寝ますね……』

「はいはい、じゃあね」

通話の切れたスマホをカバンにしまいつつ、何があったのかを考える。

燈火にはああやって伝えたけれど、１００％完璧に不安がないのかと言われればそれは否だ。

その心配は、あの子が怪我や病気にかかるとかそういうものではなくて、私があの子をＷＬＯに誘った理由そのもので。

ただ一緒にゲームをしたいだけじゃない。

私はもうひとつ確かな目的を持って、ナナをＷＬＯに誘ったのだから。

＊＊＊

ああ、これは夢の中なんだな。

目の前にいる《菜々香《わたし》》を見て、私はぼんやりとそう思った。

触ろうとしても、すり抜けてしまって触れない。

だから、多分これは夢なんだと思った。どうしてこんな夢を見ているのかなんて、想像もできないけれど。

目の前でうずくまる《菜々香《わたし》》は、静かに泣いていた。

鏡写しのようだけれど、制服を着ているということは多分中学生の頃の私なんだろう。

あれから六年半くらいだっけ。ちょっと前にトーカちゃんとリンちゃんに言われたけど、うん、確かに私の容姿はほとんど変わってないかもしれない。

この子はなんで泣いているんだっけ。

私が最後に泣いたのはいつだったっけ。

ああ、そうか。確かお父さんとお母さんが事故で死んじゃった時だ。

二人が死んでしまったのはとても悲しい出来事だったから、今でもよく覚えてる。

人生の転機。初めてリンちゃんと距離を置くことになってしまったことも含めて、世界が変わったようだった。

でも……泣いてた理由は、本当にそれで合ってたっけ？

そう思った瞬間、夢が覚めていくのがわかった。

まるで思い出そうとするのを拒否するかのように、景色が朧《おぼろ》に消えていく。

消え行く最中、泣いている《菜々香《わたし》》と目が合った。

その瞳は、酷く虚《うつ》ろで何も映していないようで。

息が詰まる程に強い、燃えたぎる様な激情を抱えていた。

＊＊＊

イベントから帰宅した私を待っていたのは、人の気配のしない家。

ため息をつきながらリビングへと足を運ぶと、全く気配を感じさせないままにソファで眠っているナナがいた。

「はぁ……やっぱりね」

チカチカと光るスマホを床に落として眠るナナを見て、私は再びため息をつく。

この様子だと一昨日の夜からずっと寝ていたのだろう。

単純に寝ていたから電話を取れなかっただけという、心配していた燈火を嘲笑うかのような結果だったからこそ、私は二度目のため息を吐いたのだ。

「ナナ、朝よ」

ゆさゆさと肩を揺らしてやると、ピクリと身体が動いた。一瞬鼻を鳴らして、匂いで私だと気づいたのか少し強ばっていた体を弛緩させる。

起きる気のないその所作に三度ため息をついて、私はソファで丸まっているナナの隣に腰を下ろした。

お父様が私のために作ってくれた送迎車。それはＶＩＰルームのように整った設備を備えたものだけれど、一晩中車の中となれば疲れることは疲れるのだ。

まして私は丸二日間のイベントを乗り切った後、長引いてしまったせいで寂しい思いをしているであろうナナのためになるべく早く戻ろうと思って、わざわざ車で帰ってきたのに。

この子ときたら労いの言葉もなくぐっすりなんだから、少しは怒ってもいいわよね？

そう思って軽くデコピンでもしてやろうかと指を丸めていると、ナナの顔に涙の跡が残っているのが見えた。

「…………そう、やっぱりそうなのね」

霧散してしまった怒りと共に、丸めた指を解く。

予感はしていたけれど、ＷＬＯでの生活は想像以上にナナに刺激を与えてくれているらしい。

「今の」ナナが涙を流している。これがどれほど衝撃的なことか、わかるのは私だけだろう。

これは兆候だ。固く閉じられたナナの記憶の蓋が、確実に緩んできていることの証明に他ならない。

その蓋が今すぐ開くことはないと思う。でも、後は本当に引き金を引くだけというところまで来てしまっていた。

「正直なことを言えば、ずっと忘れたままでいてほしいとも思うわ」

ナナが忘れている……いや、封じ込めてしまった記憶は、極めて限定的なものだ。時間にして一日にも満たない、本当に小さな記憶。

しかし、そのほんの僅かな記憶を無くさないといけない程に、その時のナナはどうしようもなく壊れていたのだ。

だから、自己防衛本能のままに記憶を閉じ込めた。

そして、それを失くしたおかげで、ナナは今の明るいナナへと成長していったのだ。

「ふぇ……リンちゃん……？」

「そうよ、寝坊助さん」

「早いねぇ。夜に帰ってくるんだと思ってたぁ」

なんの拍子か目を覚ましたナナが、頭が働いている気配を微塵も感じさせないふわふわとした口調でそう言った。

眠気を振り払うために頭を振る姿はまるで動物のようだけど、ソファに沈み込んだせいで逆に睡魔に負けそうになってるのが本当に可愛らしい。

「私はむしろ遅く帰ってきたくらいよ」

「んぅ？」

「私が早いんじゃなくて、ナナが寝過ぎたのよ。丸一日以上ね」

私がそう言うと、ナナは床に落ちていたスマホのホーム画面を見てから少しだけ目を見開いた。

が、あまりショックではなかったようで、私の膝を枕にするように再びソファへと倒れ込む。

「寝ちゃったものはしょうがないんじゃぁ……」

「ま、そうなんだけどね」

「というわけでもうひと眠り……ぐぅ」

よっぽど眠かったのか、一瞬で二度目の眠りに落ちるナナの頭を撫でてあげる。

ナナが眠りを求めるということは、何か回復しなければならない要素があるということ。

体力的な問題はほぼ考えられないから、やっぱり何かしらナナの精神面に負担がかかっているのだろう。

とりあえず燈火に無事の連絡を送って、私も眠気に身を任せることにする。

ナナみたいな体力おばけと違って、私はちゃんとインドア派なのだ。燈火に早くから起こされたせいで眠いのもあるし、目の前で気持ちよさそうに眠ってるナナの眠気にあてられたのもあるし。

気がかりなことはあるけれど、今のところは順調に進んでいる。

ようやく開きかけたあの子の記憶の扉に期待を寄せながら、私は緩やかに襲い来る眠気に身を任せるのだった。

ONIKKOHAISHINDO

書き下ろし番外編

凛音と菜々香のプチデート2

「暑いわねぇ……」

まだ夏には程遠い、ゴールデンウィークの最終日。

三十度を超えるような、立っているだけで汗ばむほどの熱気に辟易としながら、私は駅の前で人を待っていた。

最低限の変装と、精一杯のオシャレ。半年ぶりのデートともなれば、気合いも入るというものだ。

約束よりも一時間は早く着いてしまったせいでこうして暑さと戦う羽目になっているのはなんとも言い難いけれど、こうしてあの子を待つのも楽しみのひとつなのだ。

「リンちゃ～ん！」

「ナナ！」

タッタッと軽い足音を立てて走りながら、ナナが普段通りの格好でやってくる。着ているのは前に私が買ってあげた冬服で、半袖でも暑いくらいの気温の中で、ナナの格好はひときわ浮いていた。

そんな中でも汗ひとつかかずに平然としているナナに、私は苦笑しながら指摘する。

「今日、結構暑いわよ？」

「そうなの？　全然気づかなかったよ」

ほぇ～とでも言いそうな表情を浮かべながら、ナナは一応上着を一枚脱いで腰に巻いていた。

放熱と蓄熱の効率が異常な程に優れているからか、ナナは基本的に日本の気候程度だと暑さも寒さも感じない体質だ。

何かの機能が壊れているのではなく、生物としての適応力が人並外れているという感じらしい。

ただ、そのせいで冬に夏服を着たり夏に冬服を着たりするから、さっきみたいに格好が周囲から浮いてしまうことも多い。

一応、春は春服を着ておきなさいって言ってあるんだけどね……。ファッションに興味がないから、適当に一セット引っ張り出してきたんだと思う。

「まあいっか。そんなことより早く行きましょ」

「ん、今日はどこに行くんだっけ」

「ワールドゲームショウ……新作ゲームの発表イベントみたいなやつよ」

「ほぉ」

ナナはよくわかっていないのか、とぼけた表情をしている。

本当は動物園とか水族館みたいな定番のデートスポットに行きたいんだけど、ナナが行くと動物が出て来なくなるのよね。

ナナは昔っから生物に逃げられる体質だから。もしくは威嚇されるか……まあ少なくとも懐かれた記憶はないはずだ。

生物としての格の違いというか。本能で生きている動物たちだからこそ、ナナの生物的な強さが感じられてしまうのかもしれない。

「ほら、ナナ」

「ん、それじゃあエスコートよろしく！」

「馬鹿言ってないの」

私の手を取ってまるでお嬢様みたいなことを言うナナに、私はデコピンで突っ込みを入れた。

「ほぇ～、賑わってるねぇ」

人混みでごった返す会場を歩きながら、ナナは大きな口を開けて感嘆している。

「連休最終日だしね。そこそこおっきなイベントなのよ」

世界中のゲームの新作発表会と言いながらも多くのゲームの大会なんかも同時に開催しているせいか、会場はなかなかの賑わいを見せていた。

四日間に渡って開催されるこのイベントだけど、私はプロゲーマーとして一日目と二日目に別々のゲームで出演していて、ここに来るのは今日で三回目になる。

「ま、大体の配置は把握してるから、案内は任せ……」

「わー！　ねぇリンちゃん見て見て、パンチングマシーンがあるよ！」

「なんでそんなものがゲームイベントにあるのよ！」

テンション高めなナナの指差す先には、確かにパンチングマシーンが置いてあった。思いっきり殴るとパンチの威力が表示されるアレだ。

あんなの昨日までは置いてなかったと思うんだけど……。

「とにかく正確に威力を測定できる最新式のパンチングマシーンの試験機……って書いてあるよ」

「ゲーマーなんてヒョロいのばかりなんだから、もっと屈強なスポーツマンが集うイベントでテストしなさいよね……」

「でも割と人気あるみたいだよ」

確かにナナの言う通り、あのパンチングマシーンはそれなりに人気があるらしい。他のブースに負けず劣らずの人が並んでいて、中にはちょっと筋肉自慢っぽいマッチョもいる。

「ああ、なるほど……一定スコア毎に粗品が貰えるのね」

「あとは物珍しさ込みで参加してるって感じかなぁ」

「テスターは多いに越したことはないものね」

物で釣ってテスターを増やすという発想は悪くない。ナナの言う通り物珍しさ込みという部分はあるだろうけど、実際それで人気なわけだし。

そんなことより、隣でうずうずしてる小さな怪物をどうするかだ。

「……やりたいんでしょ？」

「えっ!?　あー……いいの？」

ちょっと恥ずかしそうに上目遣いで聞いてくるナナを抱き締めたくなる衝動を何とか抑えつつ、ポンポンと頭に手を乗せる。

「いいわよ。元々ゲームのイベントじゃナナもそこまで楽しめないでしょ？」

「リンちゃんと一緒なだけで私は楽しいよ？」

「それは知ってる」

正確に言うなら、ナナの言うソレは楽しいというよりは幸せとか安心感とかそういう類の信頼だろう。

昔っからナナはそうだ。一緒に居られさえすれば他に何もいらないみたいな、そんな考え方をしている。

自分の欲求を表に出さない。察してあげなきゃ本当に何も言わないんだから。

「じゃあ、リンちゃんも一緒に行こ?」

「え、いや私は別に」

「……ダメ?」

「……もう、断われないわよぉ」

本能への抵抗を諦めてナナを抱き締めてから、体験ブースの列に並ぶ。まさかゲームイベントでパンチングマシーンを叩くことになるとは思ってもみなかった。

「実際、どれくらいの威力が平均なのかしら」

「一応、成人男性の平均パンチ力を100としてみた時の数値って書いてあるけど」

「ものすごい不明瞭ね」

とは言え、見ている限りだとナナが読み上げた文言とそれほど変わらないくらいの数値が出ているのは確かだ。

女子が90点、男子は110点から粗品を貰えると書いてあるから、そっちを基準に見た方がいいかもしれない。

「ランキングだと250が最高値。結構強い人もいるのね」

成人男性の二倍以上のパワーとなればなかなかに強いと言っていいんじゃないだろうか。

ナナと二人で色んな人のパンチを批評していると、割とすぐに私たちの番が来た。

「おっ、今度は可愛い女子二人の挑戦かな？　怪我をすると危ないから、このグローブをつけて殴ってね」

「ええ、ありがと」

「ありがとーございます」

意外と重いグローブに驚きつつ、利き手である右手に装備する。ふふ、なんだかこれをつけただけで力が漲《みなぎ》ってくる気がするわね。

「先に私がやるわね」

「はーい。反動で怪我はしないでね」

「そこまで貧弱じゃないわよ！」

若干失礼なナナのおでこを空いた左手でデコピンしつつ、パンチングマシーンの前で深呼吸する。

こうして目の前に立ってみると、ゲーセンのちゃちなものとは違ってかなり仰々しくてガッチリした機械だった。

パンチで大事なのは足腰の連動。私が読んだ漫画にはそう書いてあったわ。

「えいっ！」

ぽふん！　と情けない音を立てて表示された数字は、驚愕の「34」。見ていた限り小学生の子供よりも貧弱な数値に、私は思わず膝をついた。

真面目にやってこれだ。少なくともおふざけではないというのは伝わっていたのか、なんだかんだで盛り上がってたパンチングマシーンの体験ブースがなんともいたたまれない空気になってしまった。

「くっ……一生の不覚よ」

「まあまあ。リンちゃんだし仕方ないよ」

「リンちゃんだしって何よ！　悪かったわね貧弱で！」

「あははっ」

慰めているようで全く慰めてくれない。ナナって割と私の身体能力に関しては諦めている節があるのよね。

「まあ見ててよ。リンちゃんの代わりに頑張るから」

「度肝を抜いてやりなさい！」

グローブを片手に着けたナナが、パンチングマシーンの前でぴょんぴょんと軽く跳ねる。たぶん体をリラックスさせているんだろうけど、さっきの私の記録のせいで、同行していたナナにも微笑ましい視線が向けられてしまっている。

そんな視線に構うこともなく、軽く肩を温めたナナが軽い調子で構えを取った。

「せーの……よっ！」

ドッゴォン！　という轟音が、イベント会場に鳴り響く。

発生源はもちろんナナ。正確にはナナが発した打撃音だった。

会場中が一瞬だけ静かになって、ざわめきが戻ってくる。

そりゃあんな爆発みたいな音と振動があったら驚くわよね。

「あっ、グローブ破れちゃった⁉」

何が起こったのか誰も理解できていない状態で、当のナナだけがトンチンカンなことで慌てていた。

表示された威力は「1551」。これは……成人男性十五人分の威力って考えればいいのかしらね。

「すみません、グローブ破れちゃいました……」

「あ、ああ……予備があるから、気にしないで」

「ほんとごめんなさいっ！」

係の人にペコペコ謝るナナだけど、係の人の方は信じられないものを見たとでも言いたげな表情をしていた。

いや、係の人だけじゃない。この場にいる全員がそんな表情をしているし、私も正直驚いているくらいだし、なんなら警備の人がさっきの音のせいで走ってきている。

「ごめんリンちゃん、軽く殴ったつもりだったんだけど……」

「今ので本気じゃないのねぇ」

「全力の六割くらいかなぁ」

「あらまぁ……」

私の知っている中学生の頃のナナでも、ここまでのパワーはなかったような気がするけど……もしかしてこの子、まだ成長しているの？

元々一切トレーニングをしなくても人類最強の身体能力だったから、それが肉体労働で磨かれちゃった？

普通ならそんな程度の運動で成長なんてしないだろうけど、ナナだものねぇ……。

十分に有り得る可能性に、私はぶるっと背筋を震わせた。

「す、すみませんがお二人とも、事情を伺いたいのでちょっと一緒に来てほしいんですが」

「あ、はい、ごめんなさいでした……」

「いえ、謝る必要はないです……一応、お話を聞くだけですので」

警備員に声をかけられて恐縮するナナを見てため息をつきつつ、こういう時に普通のリアクションが取れるようになったんだなぁという感慨深さも感じる。

これが昔のナナなら「……壊れちゃった」とか言いながら悪びれもせずにその場を立ち去ろうとしたに違いない。

いや、別に今だってナナが悪いわけじゃないんだけどね？　言ってしまえば不幸な事故というか、なんというか。

それから十分くらい警備員さんに事情聴取を受けた私たちは、特にお咎めなしで解放された。

「うぇぇ……粗品は貰えないし警備員さんに話は聞かれるし、無駄な時間使っちゃったなぁ」

「ま、自分のパワーを計測することなんてそうないんだし、いい機会だったと思っときなさい。今度やる時にパワーを調整するためにね」

「そうする。ごめんねリンちゃん」

「いいのよ。あと、たぶん粗品は貰えるからほとぼりが冷めたらまた行きましょう」

少し落ち込むナナに、先程のパンチングマシーンのところに表示されている威力ランキングを見るように促す。

一位の項目には燦然《さんぜん》と1551の文字が刻まれていて、さっきの計測が無効になっていないことを示していた。

「さ、気を取り直して他のブースも見て回りましょ。ゲームの体験だけじゃなくてグッズなんかもあるのよ」

「そうだね。リンちゃんは何か欲しいのとかないの？」

「本当に欲しいのは伝手で手に入れちゃってるからねぇ……掘り出し物狙いかしら」

それからのデートはほとんどウィンドウショッピングばかりだったけれど、ナナはずっと楽しそうに笑っていた。昔よりも、ずっと素敵な笑顔を浮かべていた。


「次会えるのはいつかしらね」

「うーん……いつかなぁ」

別れ際、ナナが手帳をめくって次にシフトが空く日を探している。

ナナは異常な量のアルバイトのシフトを組んで、常人では耐えきれないほどの仕事量をこなしている。

手帳は予定で真っ黒で、少なくとも一ヶ月は休みなく働くのだろう。

けれど、私がナナと思うように遊べていない本当の理由は、ナナが忙しいからじゃない。

ナナの休みは確かに少ないけれど、それはナナが自分で望んでそういうシフトを組んでいるからであって、忙しいとは言っても全く休みが取れないほどブラックな環境ではないのだ。

結局のところ、私の方がナナと予定を合わせられないのが最大の理由。一年を通して、ナナと休みを合わせられる日なんて二、三回あればいいという程度には、今の私は案件に忙殺されている。

プロゲーマーとしての仕事、動画投稿者としての案件、ライブ配信者としての付き合い、やらなければならないことは山積していて、大好きな親友と遊ぶことさえままならない。

「はぁ……もう仕事減らそうかしら」

「急にどうしたの？」

「んーん、なんでもないわ」

私はそう言って、不思議そうな表情を浮かべるナナを抱き締める。女の子らしい柔らかい体なのに、一体どこにあれだけの力があるのかしら。

しばらく抱き締めていると、「むふー」という鼻息が聞こえてくる。猫が喉を鳴らすようなもので、ナナは嬉しいとこういう風になる。本人に自覚があるのかはわからないけれど、昔っから変わらない癖のようなものだった。

「ねぇ、ナナ。もし私が一緒に暮らしたいって言ったら？」

「んー？　リンちゃんがホントにそう思ってるならねぇ」

「もう、少しくらい悩んでくれれば誘い甲斐があるのに」

変わらない。何もブレない。いつだってそう、大事な時に限って私の気持ちを見透かしたようなことを言う。

そう、今はまだその時じゃない。私がナナを迎えるには、準備が整っていないから。

「またね」

「うん、バイバイ」

笑顔の中に少しだけ暗い表情を浮かべて、ナナが遠ざかっていく。

会わなければそれほど気にならないのに、こうして会う度に感じることがある。

「……やっぱり、寂しいのよねぇ」

ナナが見えなくなってすぐに、思わず情けない声が出る。

当たり前だ。私たちは中学生の頃まで、家族よりも長い時間を一緒に過ごしていたんだから。

寂しくないわけがない。特に、去り際にあんな表情を浮かべられたら、尚更そう思う。

距離を置くことを選んだのはナナで、それに頷いたのは私。でも、本当はずっとナナに傍にいてほしかった。

私はその寂しさを紛らわすためにゲームにのめり込んで、結果として世界の頂点に立ってしまっただけなのだ。

「はぁ……帰って、配信でもしましょ」

会う度会う度情けなく落ち込むのは様式美のようなもので。

しばらくの間、配信中にローテンションなのをリスナーに心配されたりしながら、いつかナナと一緒に暮らす日々を夢想してみたりして。

ナナが隣に居てくれる日々がやってくるのは、それから一年以上も後のことだった。

あとがき

お久しぶりです、箱入蛇猫です。
この度は『打撃系鬼っ娘が征く配信道！』第二巻をお手に取っていただきありがとうございます。

お陰様でなんとか第二巻が発売できました。第一巻の発売がちょうど緊急事態宣言と重なり書店が空いていないというとんでもない事態で完全に心が折れていたのですが、ありがたいことになんとか続刊することができました。長い時間をかけた一巻とは違い、今回はとにかく刊行までのスケジュールが短く、コロナ禍の中尽力してくださった出版社の皆さんには本当に感謝しております。なによりこの作品を手に取ってくださった皆様のおかげで続刊出来ていますので、ただただ感謝の気持ちでいっぱいです。

ここからは本編のことを少し。第二巻ではＷＬＯの世界を生きるＮＰＣとの交流と、スクナの旅路を描いています。本編では鬼人族の英雄・琥珀との交流が描かれている訳ですが、この辺りから配信とストーリーの両立が非常に難しくなってきていまして、ストーリーを取ると配信要素が薄く、しかしＮＰＣと真面目な話をしている中で配信コメントで茶々を入れるのも……などなど、なかなか執筆に苦戦した部分でした。

とはいえ、これまでスクナとリスナーとの掛け合いを書いてきましたが、配信というのは必ずしもリスナーのコメントを読み上げるというものでもないんですね。多人数のコラボ配信を見ているとわかるのですが、彼ら自身の会話やリアクションを楽しむ、言ってしまえばバラエティー番組の感覚で見るというのも配信のひとつの楽しみ方なわけです。なので、配信中でも真面目な話をしているような時はコメントは書かず、逆にリンネやトーカとのコラボの間は少し緩めにコメントを織りまぜてと、ぼちぼち工夫を重ねております。違和感なく読んで頂けていればいいのですが……。

その他、琥珀やメルティは今後もストーリー中のとても重要な役割を担うということもあり、キャラクターデザインも力を入れていただきました。相変わらずぼんやりとした指定しかできない中でも素晴らしい仕上がりにしていただき、片桐先生には感謝しております。

あとはコミカライズに関しても少々。このあとがきの後にコミカライズ第一話が掲載されているのですが、こちらがとても面白いです。自分の書いた作品が漫画になるというのは嬉しくも少し不思議な気持ちですね……。皆様にも楽しんでいただければ幸いです。

ONIKKOHAISHINDO

巻末おまけ

コミカライズ第1話

原作：箱入蛇猫

漫画：ありのかまち

キャラクター原案：片桐

エネルギー
タンパク質
炭水化物
食物繊維
黒糖ブドウ糖
液糖…？
ジッ
何が原料
なんだろう…？
う〜〜〜ん
暇って久しぶり
だなぁ……
…少しだけ
自分語りを
させてほしい
私の名前は二宿《ふたやど》菜々香《ななか》
21歳フリーター
バサッ
履歴書
ふりがな ふたやど ななか
氏名 二宿 菜々香
男・女
生年月日 XXXX年00月00日 (満21歳)
ふりがな [redacted]
所在地 [redacted]
電話 [redacted]
ふりがな
電話
連絡先 同上
年 月 学歴・職歴
[redacted]小学校
[redacted]中学校
[redacted]
中卒で日雇いの土方なり
パチンコ屋なりのとにかく
あらゆるバイトを経験して
今に至る

なぜそんな人生になったかというと…
中学3年の時に両親が交通事故で他界したからだ
すぐに母方の叔母の家に引き取られたのだが
12人の子どもがいる大家族で私のパーソナルスペースがなかった
うぅっ
ギュ〜〜
そこで心配する叔母夫婦を説得して
家賃や生活費を自分で稼ぐ条件でひとり暮らしを認めてもらったのだ
ア〜
それからは休みなしで肉体労働してきたバイト戦士の私が
なぜこんなボケっとしているかというと…
ティララ ティララ
ん？
ティララ ティララ
着信
鷹匠凛音
…リンちゃん？
ピッ
もしもし？ メッセじゃなく電話なんて珍しいね？
いやナナがこの時間に電話取ってくれるほうが珍しいでしょ？

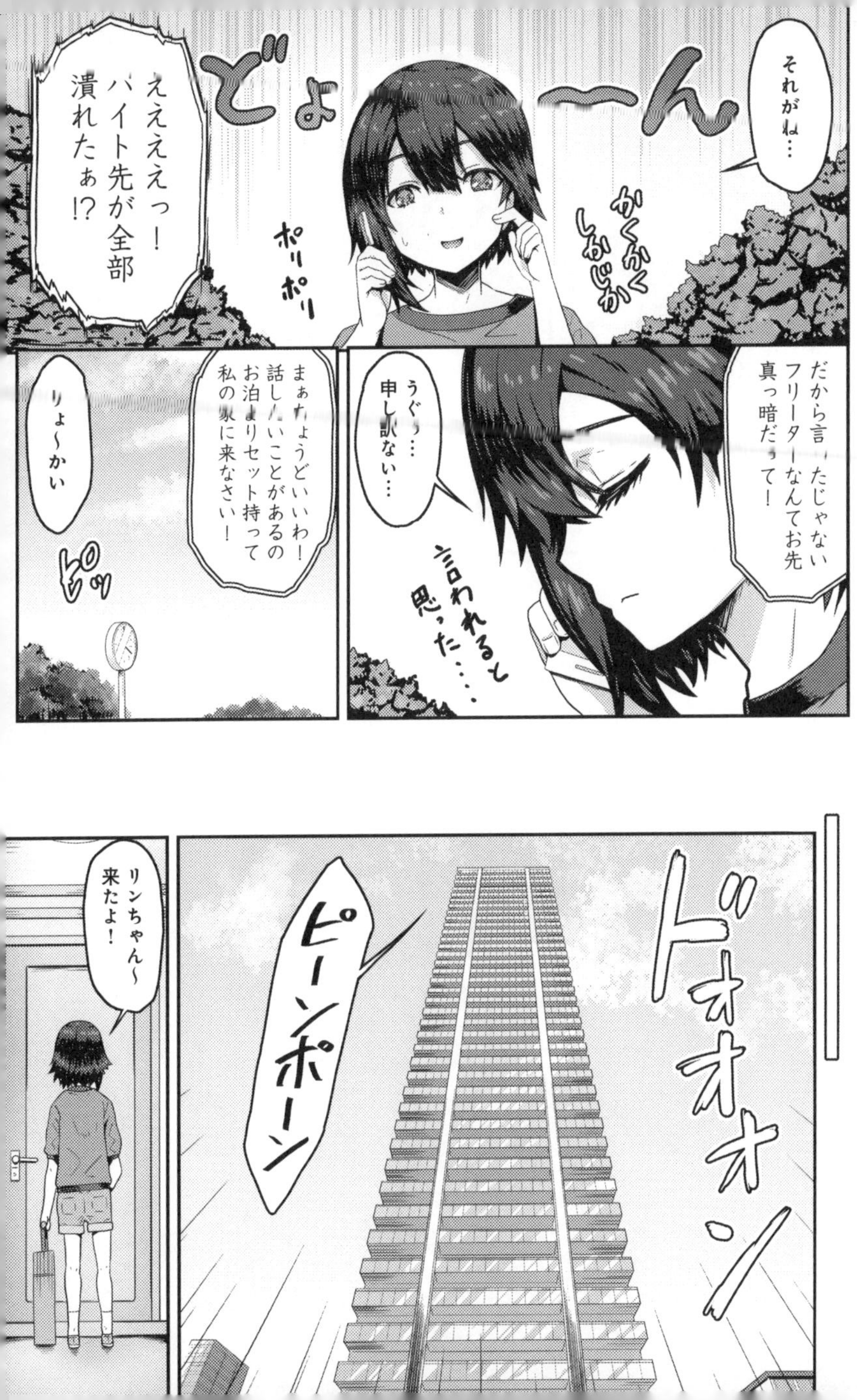
それがね…
かくかくしかじか
ポリポリ
えええっ！
バイト先が全部
潰れたぁ!?
だから言ったじゃない
フリーターなんてお先
真っ暗だって！
うぐぅ…
申し訳ない…
言われると
思った….
まぁちょうどいいわ！
話したいことがあるの
お泊まりセット持って
私の家に来なさい！
りょ〜かい
ピッ
ドォオオン
ピーンポーン
リンちゃん〜
来たよ！

いらっしゃい！待ってたわ！
ガチャッ
うわっぷ
ギュゥゥ♡
リンちゃん…動けないんだけど
彼女の名前は鷹匠《たかじょう》凛音《りんね》
フゴフゴ
世界的大企業「鷹匠グループ」の御令嬢であり
170cm モデル並ルックス
10代で起業
幼稚園から中学までともに過ごした私の大親友だ
キラ
キラ
鷹
匠
バ

あ～久しぶりのナナ成分補充タイムだわ1年ぶりかしら？
ここ1年は特にバイト漬けで会えてなかったもんね
ハハ…
休みなしで20時間労働なんてやりすぎなのよ！
ガシャ
ガシャ
肉体労働系ブラックバイトばかり…
よいしょ
チリン
チリン
睡眠平均三時間!!
まいど～
ん～体力が余ってて動いてないと逆に不調というか…
本当にこの小さな体のどこにそんなパワーが詰まってるんだか…
ハァ
あはは…でもまた仕事を探さないとなぁ
ポリ
ポリ
それについては問題ないわ！
えっ…？
その辺りのことでいろいろと話したかったの…
カチャ

…それでナナ
ツヤ
ツヤ
久しぶりたんのうしたわ
私の仕事のことは覚えてる？
え～っとゲーム大会とかそういうヤツだっけ？
くる
くる
そうそう…いわゆるeスポーツ関係ね
昔から上手だったもんね
もっと詳しく言うと企業に所属してゲームをするのを生業にしているプロゲーマーになるわ
企業って鷹匠グループ？
ズズッ
そうね
それで大会以外は配信をするのが仕事なんだけど…
そこで聞きたいんだけど〈WorldLive-ONLINE〉って知ってる？
ワールドライブ・オンライン？
World Live-ONLINE
ワールドライブ・オンライン
フオオオオン

ん〜バイト先の
ゲーム好きの子が
よく話してたような
モグ
モグ
すごいVRゲームが
出るとかなんとか
…そうね
ナナにも解るように
簡単に言うと
フルダイブしながら
ライブ配信ができる
世界初のVRゲームね
フルダイブってたしか
意識だけ仮想世界に
潜らせるヤツだっけ？
へえ〜
今までライブ配信
できなかったんだ
ええ…だから
これからの主流に
なると感じて
私は10日前の
先行開始から
やってるけど…
…はっきり
言うわねナナ
ギッ
プロゲーマーに
なって…
クワッ
私と一緒にこの
ゲームをしましょう!!

……
……
ん…いいよ
スッ
久しぶりに一緒にゲームしよっか
フワッ
本当に？
嘘ついてどうすんのさ
よかった…断られるんじゃって不安だったの…
ガバッ
ギュウ
まぁバイトも今はないしね
本当にちょうどよかったわ
ひど～い
アハッ

…それで プロゲーマーって
私は何をすれば いいんだろう？
？
まず私が所属する 〈HEROES〉 VR部門に入って もらうわ
HEROES
ええっと… そういうのって 実績なくても 入っていいの？
それがうちのVR部門は 3か月前にできたばかりで 完全に出遅れちゃってね
ハァ…。
私好みのプレイヤーは 軒並み他所《よそ》に取られ ちゃってるのよ…
ふむふむ
だからナナの力を 借りたいの
VRゲームに必要な 基礎体力や反射神経が 人並み外れてるからね
なるほど… それなら私でも 役に立てそうかも
それにね ナナ…
スッ
このVRゲームならあなたが どれだけ本気を出しても大丈夫
こんな窮屈な現実じゃなくて 自由な仮想世界が広がってるから
ザァアアア

…ありがとう
リンちゃん
私頑張るね
うふふ
嬉しいわ
それで仕事内容は
2時間以上を週5配信で
給料はこれぐらいね
ピッ
おおっそんなに…!
バイトしまくりと変わらない!!
それにここの隣の部屋を好きに使ってちょうだい!
一等地高級タワーマンション
最上階
月○×○万円!!
ど〜〜ん
いやいや
流石にそれは…
高すぎて申し訳ない…
ねえ…ダメ?
ピトッ
ううっ…
わかったよ
リンちゃん
うふふ
嬉しいわ
ハア
それじゃこれから「W.L.O」や配信時のマナーを教えるわね
りょうかい〜

その日は夜更けまで
沢山おしゃべりをして
一緒のベッドで眠った
スー
スー
リンちゃんは大人っぽい
見た目と違い末っ子で
甘えん坊なのだ
「W.L.O」2次募集
参加日…
…ねぇリンちゃん
何あれ…？
ポカン
フフッ
ん？何って…
ウィオン
ウィオン

ブロ仕様のフルダイブ式
ゲーミングVRベッドよ
ヴォン
ヴォン
もともと医療用だった
製品から作られた
超高性能品!
ヘッドセット
じゃないんだ
これ
これ
チャッ
トッププレイヤーに
なるためにはハードから
こだわらないとね
もしかして1個は
私のかな…?
もちろん!
ナナの分も急いで
取り寄せたの!
なんでリンちゃんの
部屋に運ばれてるの?
なんでナナの部屋に
運び込む必要があるの?
ニッコリ
あれ…会話が
成り立ってないぞ

どうせナナはこっちで暮らすことになるわよ
えっなんでよ？
ご飯とか寝る時とか一緒のほうがいいでしょ？寂しいし…！
スリ
スリ
まぁ確かに
でも部屋をもらった意味とは…
何か言った？
ニッコ ニッコ
いや別に…
ダイブの仕方はヘッドセットと変わらないから横になって
おお…かっこいい
ウィイイイン
目を閉じてリラックスしてください
ピッ
ピッ
仮想空間にダイブします…
シュウウウウン

…んっ
パチッ
ザァァァァ
おおっ…
草花と土の香りがする…
クンクン
予習でやったVRゲームにはなかったな
お〜
…ようこそ「WorldLIVE-ONLINE」の世界へ…
スッ

私の名前はイリス
あなたに道標《みちしるべ》を授けに来ました
メニューカードをどうぞ
スッ
あっはい
メニュー表示と念じてみてください
シュイイイン
へぇ…あっ出た
キャラ作成
Character create
では設定を始めましょう種族を選んでください
ピッ
Human
Dwarf
え〜と
ピッ
Hobbit
Elf
Beast
あっあった
ピッ

「鬼人族」を選択しました
ピロリロリン
Ogre Human
〈鬼人族〉
人間型で小さな角を持つ
筋力・頑丈・器用・敏捷に
大幅に上方補正がかかる
代わりにMP・知識・魔防が
極めて低く制限される
アバターの造形を調整してください
リアルと同じ黒髪・黒目で150センチと
体型は…
ピッ
ピッ
あっおっぱいが盛れる…
ぐぬぬ
やったら負けな気がする…
髪の毛だけ伸ばそう
ウニューーン
Hair
スス…
スキルをふたつ選んでください
使いやすそうな「打撃武器」と…
打撃武器
投擲
種族的に魔法は使えないから「投擲」かな
ピッ
ピッ

ステータスは
こんな感じか
PN：未設定
種族：〈鬼人族〉
職業：未設定
所持金：1000イリス
ステータス
HP：39
MP：0
SP：26
筋力：13
頑丈：13
器用：13
敏捷：13
知力：0
魔防：0
幸運：10
残りポイント：10
肉体系は3割上がって
魔法系は0なのね
SPが高いのはいいな
SPはスタミナ値で
スキル使用や攻撃
ダッシュや回避で
消費されるの
フムフム
MPと違ってサクサク
自動に回復するけど
無造作に使ったら
動けなくなるから注意して
それではアバターに
反映します…
パァ
おお…
最後に名前を
付けてください
…いい感じ
名前は
もちろん…

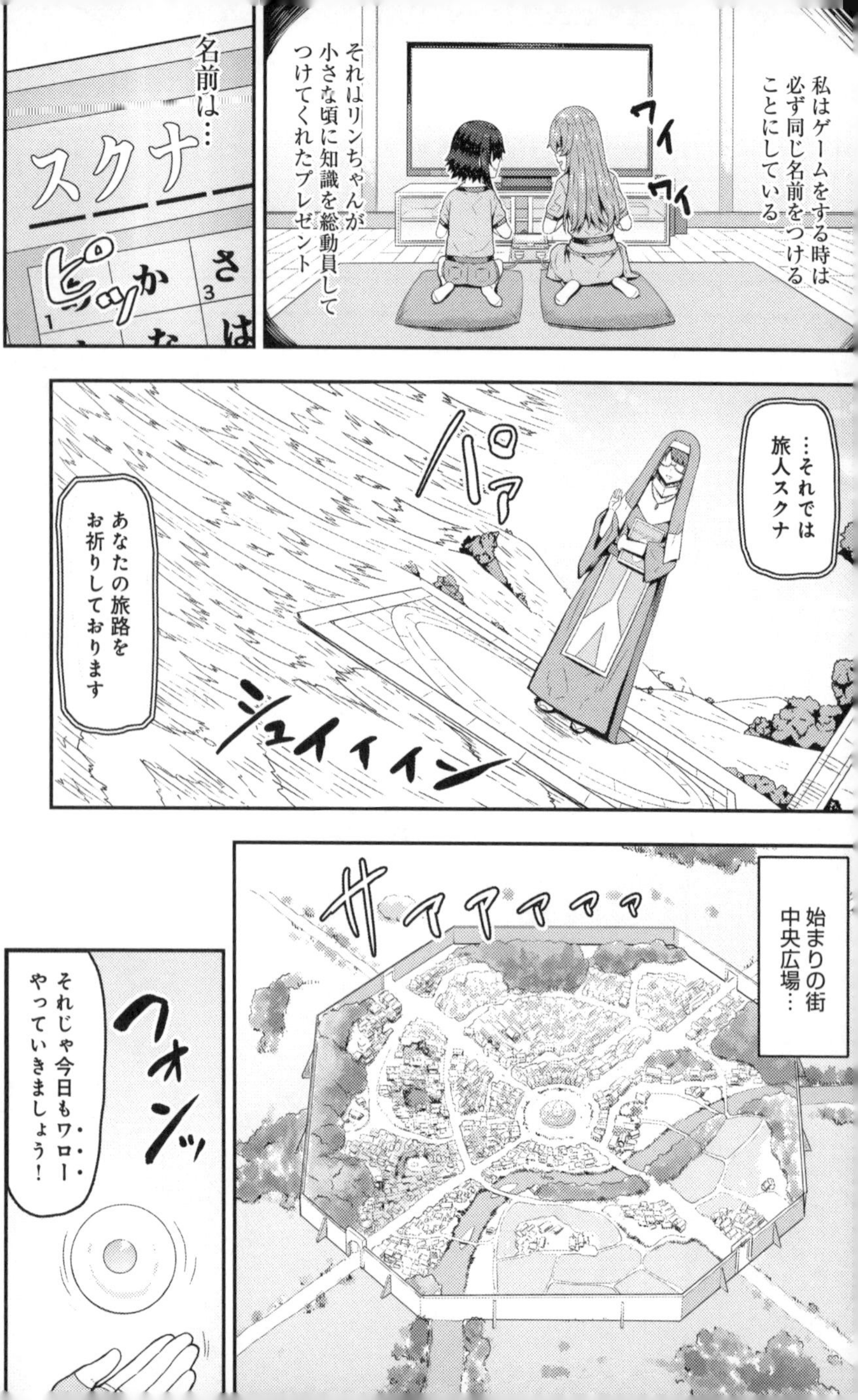
私はゲームをする時は必ず同じ名前をつけることにしている
ワイワイ
それはリンちゃんが小さな頃に知識を総動員してつけてくれたプレゼント
名前は…
スクナ
ピッ
…それでは旅人スクナ
パァ
あなたの旅路をお祈りしております
シュイイイン
始まりの街中央広場…
サァァァァァ
フォンッ
それじゃ今日もワロー・・・やっていきましょう！

今日は予告してた通り私のリア友で同僚になるナノと
デー…じゃなくってゲームプレイをやっていきまーす
フワフワ
わこつ
わこつ
待ってた!
デートって言いかけて草
名人様すこ
お手並拝見
パワーレベリングするの?
色眼鏡じゃない事を祈る
ナナって女の子なの?
ナナについては皆色々言いたい事はあるだろうけど
今日の配信で是非を確かめて頂戴
パワーレベリングは必要ないし楽しくないからしないわね
ピコーン
性別は…っと近くまで来たって
初期設定もう終わったんか
アバター作るの結構かかるのに
リンネ自身も名前のために最速だったな
…あの黒髪の子がそうみたいね
キョロ キョロ
こっちよ〜ナナ!
おお〜

おまたせ！
鬼人族にした〜
どうかな？
じゃ〜〜ん
えへへ
かわいいけど…
リアルそのままじゃない
まぁ私もだけど
かわいい！
ちっちゃい！
わぁ流石だ〜
立派な装備ね！
ナナも？週間あれば
このくらいなるわよ
それでPNは何に？
スクナ！
リンちゃんがくれた
大事な名前だからね
パァ
ちょリンちゃんって
そっそうね私はこのゲームでも
リンネだから…まぁ呼び名は
変えなくていいわね…
カァ
リンちゃんちっす笑
リンナナ尊い…
リンスクでは？
大事な名前…閃いた
笑ったやつ…
BANするわよ…！
ヒク
ヒク
ヒエッ
ヒエッ

というわけで～ 彼女がナナ… もといスクナよ
この丸いのがカメラ？ スクナです新参者ですが よろしくお願いします
ペコ
ペコ
よろしく～
礼儀正しくて高評価
黒髪ひんにゅー鬼っ娘…良い…
こんなかわいい子が棍棒装備で草
…本当に棍棒を選んだのね
始める前から使いやすそうだったから決めてたの！
ブン
ブン
耐久性も攻撃力も高いもんね
でも見た目が悪いよ…
ファンタジーっぽくない
鬼に棍棒
それ金棒や
とりあえず混雑する前に狩りに行きましょう
始まりの街については歩きながら説明するわね
わかった～！
ほのぼのする
姉妹みたい
あれ？ 南門に行ってない
適正レベル6だよな

始まりの街周辺を
ざっと区分けすると
こんな感じね
ふむふむ
ボア
小
始まりの街
中
ホーンラビ
中
ホーンラビ
大
ウルフ
果ての森
(危険度)
私は手を出さないから
スクナの自由に戦っていいわ
わかった～
ヒョイ
そういえば
投擲スキルに使うのって
そこら辺の石でもいいの?
攻撃力はほぼないけど
大丈夫よ
なるほど
いくつか拾っとこ
石ころ拾い
攻撃と投擲スキルか
珍しいな
実用的だけど初期装備の
見た目がいまいちなんだよな
てかマジで最初から南で
狩りをするんか
リンネは初日にここ来て
発狂してたよな

発狂（無表情で魔法連打）
ショートライトニング
ショートライトニング
ショートライトニング
ショートライトニング
ドドンッ
ドンッ
ドドンッ
ドドンッ
キャン
キャン
キャン
キャン
あれはトラウマ物…
…スクナしょうめ…
うん見えてる！
ウルフレベル4か
3から5のランダムだからちょうど中間だな
グルルルッ
ザッ
Lv 4
HP
SP
ウルフ
初戦にはきつそう…
ダッ
ダッ
ダッ
ショートッ
ぐっ
バキッ

ドッ
メキッ
ゴキッ
ゴッ
ズザザザァッ
グワッ
よいしょっ
……!!
ガッ
叩きつけ!!!
ドゴ
メキッ
ゴリッ
キャン
キャン
ヴギャ
ひぇ嘘やろ…
殺意高すぎぃぃ!

脳天五連撃！
その前に投擲を当てるのがすげぇ！
パリーン
ウルフを倒した！
あれって完全にPC依存だよな
レベル1の動きじゃねぇ
こうやって消えるのか～
リンちゃんレベルアップした～
ピロピロリーン
ええ…おめでとう
ポイントの振り分けは決めた？
筋力と器用に半分ずつで
えへへ
残りはそのままだよ
そう…まだ動きづらい？
ブン
ブン
流石にね…まぁ
この分だと思ったより早く調子取り戻せそう
あの動きでリアルより動けてないの？
どんだけリアルより身体能力高いの…

どう！リスナーの皆
期待したくなるのが
わかるでしょ？
フヨ
フヨ
獣のような動きじゃった
言ってもウルフ1体ならな
撲殺系鬼っ娘すこ
素質を感じた
そう…ナナをチームに入れたのは大好きな幼馴染だからだけではないのだ
運動に関してはひと目で何でも器用にこなし動体視力も群を抜く
エヘヘ〜
グルルル
おっまた来た〜
何より何年もの間ブラックバイトを毎日十数時間働いて疲れを見せない体力
つまり生まれ持っての「リアルチート」なのだ
さぁ来い〜っ
ポン
ポン
そんな人間離れした能力をリアルでは押さえつけてストレスに感じている…

ナナが思うままに
自由に過ごすことを
可能にする世界…
…それが
《World Live-ONLINE》
だと！

４５３：名無しの輪廻民
リンナナ尊い
４５４：名無しの輪廻民
わかる

好評発売中！
おおおおおおおおおおお
チートな鬼っ娘が
ンスターを狩りまくる！
冒険配信ファンタジー！

TOブックス
打撃系
鬼っ娘が征く
配信道！
箱入蛇猫
ill. 片桐
コミカライズ
企画進行中!!
おおおおお
リアル
モ
wwwwwwwwww

おかえりなさいませ！
TOブックス
オンラインストア
限定！
香月美夜
書き下ろしドラマCD用SS付き！！
椎名優
描き下ろしジャケットイラスト！
本好きの
下剋上
司書になるためには
手段を選んでいられません
ドラマCD 5
ナンドと
再会！

まったく君は……
何をしでかすか
予測できぬな

打撃系鬼っ娘が征く配信道！2

2020年8月1日　第1刷発行

著　者　箱入蛇猫

発行者　本田武市

発行所　TOブックス
〒150-0045
東京都渋谷区神泉町18-8　松濤ハイツ2F
TEL 03-6452-5766（編集）
0120-933-772（営業フリーダイヤル）
FAX 050-3156-0508
ホームページ　http://www.tobooks.jp
メール　info@tobooks.jp

印刷・製本　中央精版印刷株式会社

ISBN978-4-86699-015-6